外国情感小说

菜芙王妃

Foreign Classic
Romantic Novels

〔法〕拉法耶特夫人 著

黄建华 余秀梅 译

人民文学出版社

图书在版编目(CIP)数据

克莱芙王妃/(法)拉法耶特夫人著;黄建华,余秀梅译. —北京:人民文学出版社,2017
(外国情感小说)
ISBN 978-7-02-013187-7

Ⅰ.①克… Ⅱ.①拉… ②黄… ③余… Ⅲ.①中篇小说—法国—近代 Ⅳ.①I565.44

中国版本图书馆 CIP 数据核字(2017)第 191469 号

出版统筹　仝保民
责任编辑　陈　黎
特约策划　李江华
特约编辑　耿媛媛
书籍设计　李思安

出版发行　人民文学出版社
社　　址　北京市朝内大街 166 号
邮政编码　100705
网　　址　http://www.rw-cn.com

印　　刷　三河市祥宏印务有限公司
经　　销　全国新华书店等

字　　数　110 千字
开　　本　787×1092 毫米 1/32
印　　张　7.125
印　　数　1—6000
版　　次　2019 年 2 月北京第 1 版
印　　次　2019 年 2 月北京第 1 次印刷

书　　号　978-7-02-013187-7
定　　价　42.00 元

如有印装质量问题,请与本社图书销售中心调换。电话:010-65233595

La Princesse de Clèves

La Princesse de Clèves

目录

第一章 —————————— 1

第二章 —————————— 57

第三章 —————————— 111

第四章 —————————— 169

第一章

法国宫廷的富丽堂皇和风流高雅，在亨利二世朝的末年达到了极致。这位君主相貌出众，又是风流的情种，他对狄安娜·德·普瓦捷，即德·瓦朗蒂努瓦公爵夫人的恋情，虽然已有二十多年，但是炽烈的程度至今未始稍减，种种表现还是那么明显。

各种健身活动，他无不擅长，而且把这当作他最重要的一项营生，每天都去打猎，打网球，跳芭蕾舞，赛马夺环，或者举办诸如此类的游艺活动。这样，德·瓦朗蒂努瓦公爵夫人的族徽旗号和姓名缩写图案，也随之到处可见，她本人也到处露面，打扮得花枝招展，比得上已到出阁妙龄的外孙女德·拉马克小姐。

王后所到之处，必有公爵夫人陪伴。王后虽然青春已过，但仍不失美艳；她喜爱盛大的场面、豪华的排场，以及各种娱乐。当年结婚时，国王还是奥尔良公爵，后来，他的王兄太子在图尔农英年早逝，否则，凭着王子的身份和高贵的品质，理应继承父王弗朗索瓦一世的宝座。

王后天生抱负远大，从参政中得到极大的乐趣，也就似乎不难容忍国王对德·瓦朗蒂努瓦公爵夫人的恋情，没有流露出一丝一毫的嫉妒；当然，她的城府很深，让人难以判断她的真实想法，至少她从谋略考虑，不得不同公爵夫人拉近关系，以便也拉住国王。这位君主喜欢同女子打交道，甚至对他不爱慕的女人也一样：每天王后聚会的时刻，国王总到场，只因天下的美妇俊男在那里汇聚一堂。

历代宫廷，也没有汇聚这么多尤物，男儿女子仪容都那么俊美，就好像大自然一时心血来潮，将其最美的东西赐给了最尊贵的公主王妃、最尊贵的王子王孙。法兰西公主伊丽莎白[①]，当时就开始显露了惊人的智慧和绝代的美色，后来成为西班牙王后，只可惜红颜薄命。玛丽·斯图亚特，苏格兰女王，当时刚刚嫁给法国太子，故称女王太子妃；她美貌出众，才智过人，在法国宫廷里长大，熟谙宫廷礼仪。她天生酷

①伊丽莎白（1545—1568），亨利二世之女，十四岁嫁给菲利浦二世，成为西班牙王后，但是红颜薄命，二十三岁便殒命。

爱一切美的东西，尽管年纪轻轻，却比谁都领悟得深。她的公婆王后和御妹公主，也喜爱诗歌、戏剧和音乐。还是弗朗索瓦一世开风气之先，对诗歌和文学的这种兴趣，如今仍主宰着法国。继位的新君则喜爱健身运动，于是便充满一片欢乐。不过，给这个朝廷增光添彩的，还是荟萃的精英，无数的王公和大贵族。下面逐一谈到的人物，都以不同的方式成为时代的荣耀和仰慕的对象。

纳瓦尔王出身高贵，人品又高尚，受到所有人的敬重。他英勇善战，有好几次与吉兹公爵争胜，离开将军的职守，像个普通士兵那样，和公爵一起冲到最危险的地方。这位公爵也的确英勇绝伦，屡建奇功，受到历任统帅的艳羡。他不但勇敢，还具备各种高尚的品质：他的思想博大而精深，心灵纯正而高洁，可以说是文武全才。他的兄弟洛林红衣主教，生来志不可量，才思敏锐，能言善辩，学识也很渊深，并用来捍卫开始受到攻击的天主教，从而成为举足轻重的人物。后来人称大长老的德·吉兹骑士，是位人人爱戴的王子，他仪表堂堂，足智多谋，又通权达变，而且勇武之名享誉全欧洲。孔代亲王虽然先天不足，身材矮小，但是却有一个高傲的伟大灵魂，尤其他才智过人，甚至在绝色女子的眼中也是个可爱的人儿。德·奈维尔公爵一生战功显赫,又历任要职,当时虽然年事渐高,在朝廷却能给人带来快乐。他有三个儿子,个个都长得很英俊;其中二公子人称克莱芙王子,为人正直,胸襟豁达,表现出年轻人少有的稳重,足可以荣耀门庭。

德·沙特尔主教代理,出身于旺多姆的这个古老家族,而本族的王公无不以这个姓氏为荣;主教代理无论在战场上还是情场上,都同样身手不凡;他的确相貌英俊,满面春风,有一种气概,既勇敢大胆,又风流倜傥;这些品质特别鲜明,十分引人注目;总之,如果还有人能与德·内穆尔公爵相媲美的话,那么除了他就没有第二个人了。要知道,德·内穆尔王子是天地间的杰作,是世上相貌长得最端正、最俊美的男子,而这一点,在他身上是最不为人称道的。他能超越所有人的特质,还是他那勇武绝伦,以及他那才思、相貌和行为所独有的喜幸劲儿。他诙谐风趣,既讨男人也讨女人喜欢,无论什么活动他都显得异常灵活,衣着打扮一向为众人模仿,但又是无法模仿的;总之,他从上到下有一种神态,无论出现在什么场合,总能成为众人唯一瞩目的对象。出入宫中的贵妇,没有哪位得到他的爱慕而不感到荣耀的，也极少有人夸口顶住了他的追求，甚至在他毫无表示的情况下，好几位贵妇却不由自主地爱上了他。他性情那么温柔，又那么风流，对于那些要讨他欢心的女子，不能不略微应酬，因此，他有好几位情妇，但是别人很难猜出他真正爱的是哪一位。他常去女王太子妃府上。这位太子妃容貌出众，性情温柔，总要取悦所有人，又特别敬重德·内穆尔王子，这一切常令人以为王子有意高攀她。太子妃本是两位吉兹先生的侄女，他们凭借这桩婚姻，大大提高了势力和威望，而且野心膨胀，欲图与王子王孙并肩而立，分享王室大总管蒙莫朗西的权力。国王将大部分国务交由大总管处理，也把德·吉兹公爵和德·圣安德烈元帅视为宠臣。不过，受恩宠也好，处理国务也罢，虽能接近国王，但是要想保住地位，就必须听命于德·瓦朗蒂努瓦公爵夫人。别看这位公爵夫人青春已逝、红颜衰老，她却支配着国王，具有绝对的影响力，可以说她是国王和王国的情妇。

　　国王一向喜欢大总管，他刚一登基当政，便召回被先王弗朗索瓦一世外放的老臣。朝廷分为两大势力，一边是吉兹兄弟，另一边是受王室成员支持的大总管。

两派都想拉拢德·瓦朗蒂努瓦公爵夫人。德·吉兹公爵的兄弟德·奥马尔公爵,就娶了她的一个女儿。而大总管也渴望同她联姻,即使他的长子娶了国王与彼埃蒙的一位贵妇所生的女儿,他还是不满足。国王的私生女人称狄安娜夫人,她一出生,母亲就去当了修女。当时,这门婚事阻碍重重,因为蒙莫朗西先生曾经许婚,要娶王后的一名侍从女官,德·彼埃那小姐;多亏国王极其耐心,又极为仁慈,——克服了阻碍,尽管如此,大总管如不确保德·瓦朗蒂努瓦公爵夫人的支持,使其疏远吉兹兄弟,就觉得自己的地位还不稳固。吉兹兄弟已有相当大的权势,开始令这位公爵夫人不安了。公爵夫人也曾极力推迟太子和苏格兰女王的婚礼,只因那位年轻女王仪容俊美,才能出众而富有远见,两位吉兹先生又可借重这桩婚姻提高身价,这一切都是她不能容忍的。她尤其憎恨洛林红衣主教,记得他同她谈话时口气冷峭,甚至带几分蔑视,也看到他同王后关系密切。因此,大总管认为公爵夫人肯定愿意同他联合,通过联姻而和他结盟。大总管想让次子,即后来在查理九世治下接替他的职务的德·昂维尔先生,娶公爵夫人的外孙女德·拉马克小姐。大总管满以为对这桩婚姻,次子德·昂维尔先生不会有什么抵触,不像上次安排的那件婚事，长子德·蒙莫朗西先生思想有种种障碍。不料，这次面临的困难也不少。德·昂维尔先生迷上了太子妃，终日神魂颠倒，哪怕这种爱恋希望渺茫，他也下不了这个决心：缔结婚约势必用情不专了。

在朝廷上，唯独德·圣安德烈元帅不结朋党。他是宠臣，但是全靠他本人才得到国王的宠幸：国王还当太子的时候就喜欢他，后来封他为法兰西元帅，而别人在他那种年龄，通常还没有奢望讨个封赏。他得到国王的恩宠，自然非常荣耀，但是他以其才干、人格魅力，以其宴席的精食和家具的讲究，以从未见过私人府邸的豪华排场，来支撑这种荣耀的门面。国王十分慷慨，供他这样开销。这位君主对他所喜爱的人，有时甚至一掷千金；他虽然不是个完人，身上不具备所有伟大的品质，但总还有好几种，尤其是尚武好战，而且善于统兵打仗，往往能凯旋，除了圣康坦那次战役①不算，他的统治完全是一连串胜仗。他御驾亲征，打赢了朗梯战役；彼埃蒙地区划入法兰西版图；英国人也被驱逐出法国了；德皇查理五世的红运，也在麦

①一五五七年，法军在法国南方圣康坦一役中，被西班牙国王菲利浦二世率领的军队打败。

茨城下丧失殆尽，他投入帝国和西班牙的全部兵力围攻，也未能打下那座城池。然而，圣康坦一役不幸败绩，便大大削弱了我们开拓疆土的希望；是役之后，两位国王的运气似乎旗鼓相当，双方便不知不觉要谋求和平了。

早在王太子结婚那年，老洛林公爵夫人就开始提议媾和；而且从那时起，双方还真举行过几次秘密谈判。最后，正式谈判地点，则选择了阿图瓦地区的塞尔康。洛林红衣主教、蒙莫朗西大总管和圣安德烈元帅三人，为国王的和谈代表；德·阿尔伯公爵和德·奥兰治亲王，则代表菲利浦二世；洛林公爵夫妇则为中间调停人。和约中的主要条款，就是法兰西的伊丽莎白公主和西班牙王太子唐·卡洛斯的婚姻，以及王妹公主与萨瓦公爵的婚姻。

谈判期间，法王在边境驻跸，在那里获悉英国女王玛丽驾崩的消息，于是德·朗当伯爵前往祝贺伊丽莎白的登基。伊丽莎白高兴地接见了法国使臣。她的继位权还不十分确实，能得到法国国王的承认，对她非常有利。德·朗当伯爵也看出，女王十分了解法国朝廷的利益，以及朝廷文武官员的才能；伯爵尤其看出她详悉德·内穆尔公爵的声望。女王多次提起这位王子，表示了无限的景仰；因此，伯爵回国复命时，对国王说道，女王对德·内穆尔先生会有求必应，他毫不怀疑女王甚至肯嫁给这位公爵。当天晚上，国王就向公爵谈及此事，并让德·朗当先生复述了他同伊丽莎白谈话的全部内容，还建议德·内穆尔先生去试一试这样的福运。德·内穆尔先生起初还以为国王是戏言，继而明白情况恰恰相反，他才对国王说道：

"陛下，我若是接受您的建议，并怀着为您效劳的目的，投入一场虚妄的追求中，倒要先恳请陛下为我保密，直到大事成功，我的行为能为公众所理解的时候为止，绝不要让人以为我不知天高地厚，妄想一位从未同我谋面的女王，会出于爱情而肯下嫁于我。"国王许诺，只把这种意图告诉大总管，他甚至认为，保密是成功的保证。德·朗当先生则提议，德·内穆尔先生单纯以旅行者的名义去英国一趟。但是这位王爷一时还委决不下。他就委派自己的心腹利涅罗勒，一个精明的年轻人，先去探探女王的感情，并设法建立起联系。在等待这趟旅行的结果期间，他去拜访萨瓦公爵。萨瓦公爵正同西班牙国王在布鲁塞尔。英国玛丽女王的逝世，又给和谈增添了重大障碍，谈判于十一月底宣布破裂，法国国王便回到巴黎。

这期间，宫廷来了一位美人，引起所有人的注目，而在见惯了美色的地方能博得众人的赞赏，可见她的花容月貌有多么完美。她和德·沙特尔主教代理同出一门，是法国最大的财产继承人之一。她父亲英年早逝，将她留给妻子德·沙特尔夫人抚养。德·沙特尔夫人无比善良，具有非凡的美德和贤能。她孀居之后，多年没有到宫廷露面，而是一心一意培养自己的女儿。她培养女儿不仅重在才智和容貌，还重在美德和文雅。大部分母亲都以为，只要在女儿面前绝口不提风流韵事，就能使她们远远避开。德·沙特尔夫人则持相反的看法，她经常给女儿描绘男女之爱，向她指出爱情有愉悦的一面，然后再告诉她还有危险的一面，就容易说服她了。她还对女儿说，男人一般都不大真诚，虚情假意，一点也不忠诚，而婚姻往往陷入家庭的不幸。可是另一方面，她又让女儿看到，一个贤淑女子的生活又是多么宁静，而一个美丽并出身高贵的女子，有了美德又能增添多少光彩和高雅。当然，她也让女儿看到，保持美德又该多么难，必须特别审慎，必须专注于唯一能给女子造福的事情，即爱自己的丈夫，又为丈夫所爱。

这位女继承人当时在法国，是出嫁的条件最优渥的一名闺秀，虽然年纪尚小，但是已有不少人上门提婚了。德·沙特尔夫人特别清高,没有发现什么人能配得上她的女儿,眼看女儿年满十六岁了,就决定将女儿带进宫廷的社交圈子。主教代理一见德·沙特尔夫人来到,就急忙迎上去,他对德·沙特尔小姐的绝色美貌十分惊讶。这也难怪:德·沙特尔小姐肌肤白皙,一头金发,的确显示出人所未见而她独有的光艳;她的五官又那么端正,那张脸蛋儿和全身都洋溢着迷人的秀雅与妙丽。

德·沙特尔小姐到宫廷露面的次日,就到珠宝商那里去配了几颗宝石。那个珠宝商是意大利人,和王后一起来自佛罗伦萨,他的生意非常兴隆,吸引来所有顾客,发了大财,那门面也不像商人的,倒像个大贵族的府邸。德·沙特尔小姐在珠宝店的时候,碰巧德·克莱芙王子也来了。他一见到这样的绝色女子,不禁万分惊讶,而且未能掩饰惊讶的神色。德·沙特尔小姐见自己引起别人的惊奇,不由得面颊羞红,不过很快又恢复常态,对这个看样子是个有身份的男子,她尽了应有的礼貌之外,并没有特别注意这位王子的反应。德·克莱芙王子以激赏的目光注视她,弄不清这位素昧平生的美人到底是谁,看其神态和举止,可以断定她是位名门闺秀。她年纪那么小,想必是位小姐,然而又没有母亲伴随,再加上这个意大利商人因为不认识而称她"夫人",这倒叫这位王子无从判断了。王子一直以惊奇的目光注视她,忽然发觉她被他看得发窘,这与一般青年女子恰恰相反;她们看到自己的美貌引人注目总是非常高兴。德·克莱芙先生甚至还看出出于他的缘故,人家急于离开,而且果然相当急地走了。美人儿虽然不见了,但是心中聊以自慰的是,他有望打听出她的来历,不料在场的人都一无所知,他就越发惊诧不已。她的美貌,以及从她举止看出的谦逊的神态,都给他留下极深的印象,完全可以说他一见钟情,立时对人家产生了无限的爱慕和敬意。当天晚上,他就去拜访长公主,国王的胞妹。

长公主深得王兄的敬重,她对国王很有影响,而且影响力极大,因此国王在议和条款中,甚至同意归还彼埃蒙地区,好让长公主与萨瓦公爵成亲。长公主虽然一生都渴望出嫁,但是只肯嫁给一位国君,正是基于这种原因,当年纳瓦尔国王还是旺多姆公爵时,她就拒绝了那门婚姻。国王弗朗索瓦一世和教皇保罗三世在尼斯晤面,长公主在场见到萨瓦公爵,便始终念念不忘,对公爵一往情深。长公主天资聪颖,情趣高雅,吸引了所有贵绅,她的府邸,有时就是满朝大员聚会的场所。

德·克莱芙先生像往常一样，来到长公主府上，一门心思想着德·沙特尔小姐的才智和美貌，无意谈论无关的事，高声讲述他的奇遇，不厌其烦地赞美那位相遇而不相识的女子。长公主则答道，根本没有他所描述的人，如果有的话，大家都会认识的。侍从女官德·唐彼埃尔夫人是德·沙特尔夫人的好朋友，她听到这场谈话，便走到长公主身边，低声说德·克莱芙先生所见的人必定是德·沙特尔小姐。于是，长公主转过身来，对德·克莱芙先生说，次日他若是愿意再来，她就会让他见到深深打动他的美人儿。第二天，德·沙特尔小姐果然在宫中露面了，可以想见，她受到王后和太子妃怎样的礼遇和称赞。众人的赞美声不绝于耳，但是她却保持着极为高雅的谦逊态度，就仿佛听而不闻，至少是不为所动。然后，她又去长公主府上。长公主对她的容貌也赞美一番；接着谈起她如何引起德·克莱芙王子的惊讶。过了片刻，德·克莱芙王子来了，长公主对他说道：

"请过来，您瞧瞧我是不是履行了诺言，我向您介绍的这位是不是您正寻找的那个美人儿？不管怎样，您应当感谢我向她转达了您对她的倾慕。"

德·克莱芙先生见他这意中人的门第同她的容貌相称，心中一阵欢喜，便走到近前，请她回想一下，他是头一个激赏她的人，还在不相识的情况下，他就对她产生了她应得的全部敬佩和倾慕之情了。

德·克莱芙先生和他朋友德·吉兹骑士一起辞别长公主。起初，二人都毫无顾忌，大肆赞美德·沙特尔小姐，后来又觉得赞美之辞讲得过多，就都住了口，不再道出内心的想法了。然而，从那以后，二位无论在什么场合相遇，总要不由自主地议论德·沙特尔小姐。在相当长一段时间，这位新来的美人儿成为人们议论的中心。王后大加赞许，并且格外看重她。女王太子妃也把她收为心腹，恳请德·沙特尔夫人常带她前来做客。国王的女儿，几位公主也时常派人请她去参加各种娱乐活动。总而言之，宫廷的人无不喜爱、赞赏她，只有德·瓦朗蒂努瓦公爵夫人是个例外。这位公爵夫人倒不是嫉妒新来的美人儿，她凭日久年深的阅历就知道，无须担心国王那方面；问题在于德·沙特尔主教代理，她原来要将一个女儿许配给他，以便把他笼络住，谁料他却效忠于王后；公爵夫人就对他恨之入骨，如今见到一个受他特别照拂的本族人，她怎么能优礼相加呢。

德·克莱芙王子痴情地爱上了德·沙特尔小姐，强烈渴望娶她为妻；不过，他担心自己不是长子，娶人家女儿有伤德·沙特尔夫人的自尊心。其实，他这种担心的真正原因，还是由爱情产生的胆怯心理，须知他的门第十分高贵，长兄德·厄伯爵刚刚娶了王室的一位近亲。德·克莱芙先生的情敌倒是太多了，最可怕的要算德·吉兹骑士：人家出身世家，又有才能；家族因受王恩而十分荣耀。德·克莱芙王子见到德·沙特尔小姐的当天，就坠入了情网。骑士看出这位王子的恋情，同样，王子也看出骑士的心事。二人虽是朋友，但是追求同一个女子；彼此又不能把话挑明，关系就不免逐渐疏远，友情冷淡下来，谁也没有勇气来澄清一下。偏巧德·克莱芙王子是头一个见到德·沙特尔小姐的，他觉得这是个好兆头，比起他的对手们，似乎又占了先机；不过他也预料到，巨大的障碍会来自他父亲德·奈维尔公爵。这位公爵与德·瓦朗蒂努瓦公爵夫人过从甚密；顾忌到这位夫人是主教代理的对头，仅此一点，他就不会同意儿子娶主教代理的侄女。

德·沙特尔夫人苦心培养，就是让女儿有贤淑的品德，现在到了是非之地，尽是极危险的榜样，她就更不能放松照看女儿了。野心和艳情是这个朝廷的灵魂，男男女女都同样为之忙碌。党派不同，利害相冲突，爱情总掺和政事，政事又总夹杂爱情，因而贵妇们在其中起了很大作用。谁也不肯安分，谁也不会旁观，都想讨好、高升，不是搭台就是拆台，谁也不闲得无聊、无所事事，整天忙着寻欢作乐或者策划阴谋。贵妇们各有依附：或王后，或女王太子妃，或纳瓦尔王后，或长公主，或德·瓦朗蒂努瓦公爵夫人。依附不同，自然原因各异，或气味相投，或礼仪所限，或性情相仿。那些青春已逝，品行特别端庄的夫人，都贴近王后。那些追求欢乐和风流的年轻女子，则追随女王太子妃。纳瓦尔王后也有自己的亲信，她正当妙龄，能左右她的丈夫；纳瓦尔国王又与大总管连成一气，因而在朝廷很有势力。国王的妹妹长公主仍保持花容月貌，将不少贵妇吸引到身边。德·瓦朗蒂努瓦公爵夫人把看得上眼的全收在麾下，但是中意的人寥寥无几，唯独少数几个投她脾气的贵妇，才能得到她的青睐。只有当她兴致上来，要像王后那样统领一朝贵族时，她才在府上接待她们。

　　所有这些不同的党派，相互争胜，彼此倾轧。组成这些党派的贵妇，或因争宠，或因争夺情夫而相互嫉妒；名誉和地位的利害关系，又往往和次要些但又同样敏感的利害关系搅在一起。因此，这个朝廷既存在一种骚动，又不显得紊乱，而对一名年轻女子来说，这种宫廷生活十分有趣，但又十分危险。德·沙特尔夫人看到这种险象，就一心设法保全女儿。她不是以母亲的身份，而是作为朋友，求女儿将别人对她悄悄讲的甜言蜜语全告诉她，同时她也保证帮助女儿应付年轻人往往感到棘手的局面。

吉兹骑士对德·沙特尔小姐的爱恋和意图，丝毫也不掩饰，已经无人不知，无人不晓了。然而他也看到，自己的愿望不可能实现，心里明白微薄的家产难以支撑门面，他配不上德·沙特尔小姐；他心里还明白，几位兄弟不会同意他结婚，唯恐出现世家中的小弟结婚通常低就的情况。时过不久，洛林红衣主教就让他领悟，他的担心没有错；这位兄长不赞成他对德·沙特尔小姐异乎寻常的热恋，但是又没有告诉他真正的原因。红衣主教深恨主教代理，当时秘而不宣，后来才公开爆发了。他兄弟同任何家族联姻，他都会赞同，就是反对同主教代理沾上关系；他还公然宣称根本不予考虑。德·沙特尔夫人深受伤害，也特意放风说，红衣主教无须担心，她也并不想结这门子亲。主教代理也持同样态度，他对洛林红衣主教的行为，比德·沙特尔夫人还要感到气愤，因为他更了解其中的缘故。

德·克莱芙王子也同德·吉兹骑士一样，公开表示自己的恋情。德·奈维尔公爵得知儿子坠入情网后，不禁忧心忡忡；不过他倒认为，只要谈一谈，他就能让儿子改变态度，不料一谈却大吃一惊，儿子居然打算娶德·沙特尔小姐。他谴责这种打算，甚至大动肝火，不怎么掩饰他的恼怒，结果这情况很快在宫中传开，而且一直传到德·沙特尔夫人的耳中。德·奈维尔先生应当认为，这门婚事对他儿子有利，这一点德·沙特尔夫人从来就没有怀疑过；可是现在，克莱芙和吉兹两家人，非但不希望同她结亲，反而害怕这桩婚事，她就的确莫名其妙了。一气之下，她就想找一个门第更高的亲家，好让女儿凌驾于那些自以为地位比她高的人之上。经过全面考虑之后，她选定了蒙庞西埃公爵的儿子，爵位的储君。这位储君已到成家立业的年龄，在朝廷中是身份最高的未婚男子。德·沙特尔夫人聪明过人，又有声望卓著的主教代理相助，况且女儿确实条件优渥，经她极为巧妙的安排，便大功告成，德·蒙庞西埃先生表示欢迎，这门婚事似乎不会碰到什么困难了。

主教代理知道德·昂维尔先生一直恋着太子妃，就想到利用太子妃对德·昂维尔先生的影响，促使他到国王跟前，到他密友蒙庞西埃王子跟前，替德·沙特尔小姐斡旋。主教代理前去一谈，太子妃就表示乐于干预此事，以便提高她十分喜爱的姑娘的地位；她表了态，并请主教代理放心，她这样做固然要得罪她叔父洛林红衣主教，但她有理由抱怨叔父置她的利益于不顾，总是不失时机地维护王后的利益，因此，她也随心所欲，不管他有什么反应。

风流的人总高兴能借机同喜爱自己的人谈话。主教代理刚一告辞，太子妃就吩咐夏斯特拉尔，以她的名义让德·昂维尔先生当晚出席王后那里的聚会。夏斯特拉尔是德·昂维尔先生的心腹，深知他对太子妃的痴情，便满心欢喜，并怀着深深敬意接受了这项使命。这位绅士出生在多菲内省的贵族之家，他的聪明和才干又超过他的出身。他在朝廷受到所有王公权贵的接待和礼遇，尤其蒙莫朗西家族对他优礼有加，使他特别依附于德·昂维尔先生。他长得很英俊，身体灵活敏捷，擅长各种活动；他唱歌很动听，还时常写诗，风流儒雅；因此德·昂维尔先生对他极有好感，甚至向他吐露了自己对太子妃的爱恋。他成为这种恋情的知情人，便开始接近太子妃，由于经常见面，他也渐渐萌生了爱情，不幸的是他为此丧失了理智，最后把命也搭进去了。

由太子妃选中去斡旋她所渴望的事，德·昂维尔先生深感荣幸，当天晚上，他自然准时来到王后宫中，并向太子妃保证奉命唯谨，不负所托。不料，德·瓦朗蒂努瓦公爵夫人得知这种联姻的意图，便极力从中阻挠，并在国王耳边讲了许多拆台的话，结果等德·昂维尔先生一去谈这件事，国王就向他表示不同意，甚至命令他向蒙庞西埃王子传达这个口谕。热切渴望的一件事就这样落空，可以想象德·沙特尔夫人心里有多么难过！事情功败垂成，对她的对头们极为有利，却给她女儿带来很大害处。

太子妃爱莫能助，以十分友好的态度，向德·沙特尔小姐表示她的不快：

"您瞧见了，"她对德·沙特尔小姐说道，"我的权限多么可怜。王后和德·瓦朗蒂努瓦公爵夫人对我恨之入骨，她们不是亲自出马，就是通过自己的附庸，总是阻挠我所渴望的每件事。"其实，她又补充说道，"我一心想讨她们的欢心，她们还恨我，只是因我母亲，苏格兰王后的缘故。当年,我母亲引起她们不安和嫉妒。

国王先爱过我母亲，后来才爱上德·瓦朗蒂努瓦公爵夫人，他同王后结婚后头几年没有孩子，尽管他还爱着德·瓦朗蒂努瓦公爵夫人，却似乎要决意解除婚约而娶我母亲——德·瓦朗蒂努瓦公爵夫人惧怕国王爱过的一位女子，怕这女子的才貌会削弱国王对她的恩宠，便与大总管联手；因为大总管也不希望国王娶两位吉兹先生的姐姐。于是，他们将先王争取到自己一边，先王虽然恨死了德·瓦朗蒂努瓦公爵夫人，但是喜欢当时的太子妃，就同他们协力阻止王儿离婚，为了彻底打消他娶我母亲的念头，考虑到当时太子的姐姐玛德莱娜夫人去世之后，苏格兰国王成为鳏夫，就撮合我母亲和苏格兰国王结婚；这个婚约最容易缔结，他们撮合成了，从而失信于强烈渴望娶她的英格兰国王。这样一来，两位国王差一点闹翻了。英王亨利八世没有娶到我母亲，引为终生憾事，再向他介绍法国的哪位公主，他总是给予同样的答复：哪个也取代不了别人从他手中夺走的那位。事情也的确如此，我母亲佳妙无双，在她丈夫德·龙格维尔公爵去世后，竟有三位国王要娶她为后，这真是一件奇事。然而，她生来命薄，被迫嫁给末等的一位，到了一个只感受到痛苦的王国。有人说我像她，我也真害怕像她那样，遭受不幸的命运。某种幸福似乎要呈现在我面前，但是我觉得，无论什么幸福，我都享受不了。"

德·沙特尔小姐对太子妃说，这种忧患的预感毫无根据，在思想上不会存留多久，她也不必怀疑，幸福已经显露出来了。

再也没人敢打德·沙特尔小姐的主意了，有的害怕惹国王不悦，有的则考虑要追求一个只想嫁给王子的姑娘，恐怕难以成功。这种种顾忌，一样也阻挡不了德·克莱芙先生。他的父亲德·奈维尔公爵正巧谢世，他可以完全随心所欲了，服丧期一过，就一心设法娶了德·沙特尔小姐。他赶上求婚最好的时机：由于上述的情况，其他求婚者都敬而远之了，他几乎可以确信不会遭到对方的拒绝。然而，高兴之余，他又有点担心，怕人家不喜欢自己，有把握娶了她而得不到她的爱，那还不如能博得她的欢心更幸福些。

德·吉兹骑士引起他几分妒意，不过，他的嫉妒是基于那位骑士的才干，而不是因为德·沙特尔小姐有什么表示。因此，他只想了解她的一片心意，是否有幸得到对方的认同。他只能在王后宫中或聚会上见到她，很难有单独交谈的机会。但是，他还是设法用想象得出来的敬重态度，对她谈了自己的打算和痴情，并且敦促她表明她对他的感情如何,而她若是仅仅出于孝道来服从母亲的安排,那么他对她的感情就只能给他造成终生的不幸。

德·沙特尔小姐有一颗特别高尚而善良的心,她见到德·克莱芙王子的诚挚态度,真是又感动又感激,因感激而言谈就带几分柔情,这就足以让德·克莱芙王子这样热恋的人看到希望,庆幸部分实现了自己的心愿。

这次谈话,她回家禀报了母亲。德·沙特尔夫人对她说,德·克莱芙王子品德高尚,年纪轻轻却深明事理,如果女儿真心愿意嫁给他,做母亲的会欣然同意。德·沙特尔小姐答道,对方的这些好品质,她也注意到了,嫁给他不会像嫁给另一个人那样勉强,然而,她对他这个人丝毫也没有产生一种特殊的爱。

次日,德·克莱芙王子就托人来向德·沙特尔夫人说亲。她同意这门亲事,心想给女儿找到德·克莱芙王子这样一个丈夫,不怕女儿不爱。婚约一条条定下来,接着禀告国王,于是,这门婚事就人尽皆知了。

德·克莱芙先生欢欣鼓舞,但并不觉得完全如愿以偿。他看到德·沙特尔小姐对他的感情,没有超出敬重和感激的限度,心中十分苦恼;他不能自作多情,认为对方将深情掩藏起来,因为他俩已经订婚,她满可以流露自己的感情,这无损于她极为羞怯的心理。时过不久,他就开始向她抱怨了:

"我娶了您,难道还有可能不幸福吗?"他对德·沙特尔小姐说道,"然而事实如此。您对我只怀一种善意,这不可能让我满足。您没有焦急的等待,也没有流露出不安和伤感,对我炽热的爱也不动心,假如有人不是爱慕您本人的魅力,而是看中您的家财,您的反应也不过如此。"

"您这样抱怨,也有几分不公道,"德·沙特尔小姐回答,"不知道您对我还能有什么奢望,我倒觉得碍于礼仪,我不可以再多做什么了。"

"不错,"他又说道,"您对我有所表示,如果这种表示别有深意,那我也就满意了。其实,您不是碍于礼仪,而只是出于礼仪,才这么做的。我触摸不到您的爱,也触摸不到您的心。您见到我,既不感到欣喜,也没有心慌意乱。"

"您总不能怀疑,"德·沙特尔小姐接着说道,"我见到您就开心,而且还常常脸红,因此您也不能怀疑,您会让我心慌意乱。"

"您脸红时,我岂能看不出来,"德·克莱芙王子答道,"这是一种羞怯的心理,而不是内心的冲动,我只是得到应得的报偿。"

德·沙特尔小姐回答不上来了,这种区别超出了她的认识。德·克莱芙先生看得再清楚不过,她似乎连懂都没有听懂,就更谈不上对他怀有能令他满意的情感了。

德·吉兹骑士旅行归来,离他们的婚期就没有几天了。他本来打算娶德·沙特尔小姐,可是重重障碍难以逾越,实在无法期望美事如愿。然而,眼看她要成为别人的妻子,就不免柔情百转。这种痛苦未能消除他的爱情,他仍然爱慕不已。德·沙特尔小姐不会不知道这位王子对她的感情。他这次旅行归来又让她明白,他极度忧伤的神情,正是她引起的。给这样一个多才多能、招人喜爱的人带来痛苦,难免要产生怜悯之心。因此,德·沙特尔小姐不由自主地萌生了这种感情;但是这种同情并没有导致她产生别的情感:她向母亲讲述了这位王子的痴情给她带来的怅惘。

德·沙特尔夫人赞赏女儿的坦率,她这样赞赏也有道理,因为,从来还没有人做到如此率真,如此坦诚;她也同样赞赏女儿丝毫也不动心,尤其高兴地看到,德·克莱芙王子未能,其他人也照样不能打动女儿的心。

正因为如此,她就得千方百计地让女儿依恋自己的丈夫,让她明白她所欠的这份情债:她丈夫不仅在认识她之前就产生爱慕之情,而且在谁也不再敢考虑她的时候,他还是一心要娶她,力排其他所有的对象。

终于结婚了,婚礼在卢浮宫举行。晚上,国王和王后同满朝文武官员,到德·沙特尔夫人府上吃喜宴,受到了极为隆重的接待。德·吉兹骑士不敢显得与众不同,也参加了婚礼;然而他怎么也控制不住情绪,别人不难看出他那忧伤之色。

德·克莱芙先生觉得,德·沙特尔小姐换了姓氏,感情却没有变化。丈夫的身份,赋予他更大的权利,可是没有给他在妻子心中安排一个特殊位置。这样一来,他做了丈夫,又不失为她的情人,因为在占有她之外,他一直在渴求点什么;尽管二人生活很和睦,他也并不觉得美满。他对妻子始终怀有一种强烈的、不安的爱,这往往搅了他的快乐情绪。不过,这种不安绝无嫉妒的成分:从来没有像他这样不爱嫉妒的丈夫,也从来没有像她这样不爱引发嫉妒的妻子。然而,她是宫中的常客,每天要去拜见王后、太子妃和长公主。所有年轻风流的男子都要去她府上,或者去宾客盈门的她大伯子德·奈维尔公爵府上,一睹她的芳容。不过,她神态十分端庄,令人肃然起敬,丝毫也没有卖弄风情的表现。因此,就连仗恃国王的恩宠、胆大妄为的德·圣安德烈元帅,虽然为她的美貌所倾倒,也不敢向她表露出来,只是表示关心和敬意而已。许多别人也都如此。德·沙特尔夫人不仅教女儿增长才智,而且教会她在任何礼仪场合都举止适度,终于把她造就成一个显得很完美、无人能企及的女子。

洛林公爵夫人一方面致力于和谈,另一方面也力图安排她儿子洛林公爵的婚事。公爵已与国王的次女、法国公主克洛德订了婚,准备二月份举行婚礼。

在此期间,德·内穆尔公爵待在布鲁塞尔,尽心执行他对英格兰的计划。他不断接收并寄出信函,他的希望与日俱增。利涅罗勒终于通知他说,时机成熟了,已有良好开端的事情,只待他亲自去英国,便大功告成。这个年轻人雄心勃勃,听到这个消息后便喜出望外,他眼看就凭自己的声望登上宝座了。他的思想已经不知不觉地习惯于这种红运;一开始他就没有把这看作一件达不到的事情而放弃,难题一个个从他的想象中消失,眼前一点障碍也没有了。

他派人火速到巴黎传达必要的命令,准备壮观的车驾随从,以便到了英国气派十足,与他的使命相称。

他本人也赶回朝廷，参加洛林公爵的婚礼。

他在举行婚礼的前一天赶到，当天晚上就向国王禀报计划执行的情况，并听取国王对余下事情的吩咐和建议。然后，他又去拜见王后。德·克莱芙夫人不在场，因而没有见面，甚至不知道他回来的消息。她早就听到众口一词，称这位王子是朝廷长得最俊美、最讨人喜欢的青年。尤其太子妃向她细致描绘过，而且不知向她谈过多少次，结果引起她的好奇，甚至渴望见他一面。

洛林公爵办喜事这天，德·克莱芙夫人一直在府中打扮，以便晚上去卢浮宫参加舞会和御宴。她一到场，众人就赞美她的容貌和服饰。舞会开始后，她正同德·吉兹先生跳舞的时候，大厅门口传来一阵骚乱声，似乎众人在给一个刚进来的人让地方。德·克莱芙夫人跳完一场，就用目光扫视周围，寻找下一个舞伴，这时国王高声吩咐她同新来的人共舞。她转身一看，只见一个男子，当即断定那只能是德·内穆尔先生。那人跨过几张座椅，才来到舞池。这位王子是个名副其实的美男子，从未见过他的人，乍一见无不感到惊异，尤其是这天晚上，他来之前着意打扮了一番，浑身更增添了几分神采。同样，初次见到德·克莱芙夫人，也很难不诧为奇事。

德·内穆尔先生见她这样美,不禁万分惊讶,当他走近前,她向他施礼时,又不禁表现出爱慕之意。二人开始跳舞时,大厅里响起一阵啧啧称赞声。国王、王后和太子妃忽然想起,他们俩从未见过面,看见他们不相识就一起跳舞,觉得实在是件新奇事。等他们俩跳完一场,国王、王后和太子妃不容他们同别人交谈,就招呼过去,问他们是否想了解对方是谁,是否已经猜到了。

"就我而言,殿下,"德·内穆尔先生答道,"我是确信无疑的;然而,我有理由能猜出是德·克莱芙夫人,而她没有同样理由猜出我是谁,因此,我恳请陛下费心将我的姓名告诉她。"

"我想,"太子妃说道,"她也一样,完全知道您的姓名。"

"我向您保证,殿下,"德·克莱芙夫人有点发窘,接口说道,"这是您的想象,我猜得可没有这么准确。"

"您完全能猜得出来,"太子妃答道,"而德·内穆尔先生不肯承认,您从未见过就能认出是他,这其中甚至有礼貌的成分。"

王后打断他们的谈话,吩咐继续跳舞。德·内穆尔先生邀请太子妃。这位王妃的美貌倾国倾城,在德·内穆尔先生去佛兰德之前,她在他眼中就是如此。然而这一晚上,他只能赞赏德·克莱芙夫人一个人了。

德·吉兹骑士对她一直怀着一片痴情,拜在她的脚下,他看到刚才发生的一幕,心中便隐隐作痛,产生一种预感,可能是命运安排,德·内穆尔先生要爱上德·克莱芙夫人。德·吉兹骑士或许真的从她脸上看出慌乱的神色,或许嫉妒心作祟,以臆想代替了现实,他认为她一见到这位王子就动了心,于是按捺不住,对她说德·内穆尔先生实在幸运,同她初识就异乎寻常,具有风流艳遇的色彩。

德·克莱芙夫人回到府上,心里还一直想着舞会上发生的种种情况,虽然已是深夜,她还是走进母亲的卧室,讲述了这一切,对母亲赞扬了德·内穆尔先生。德·沙特尔夫人见女儿说话的神态,也产生了德·吉兹骑士的那种想法。

次日正式举行婚礼。德·克莱芙夫人在仪式上见到德·内穆尔公爵,觉得他春风满面,雍容风雅,着实令人赞叹,心中越发暗暗称奇。

往后几天,她在太子妃那里见到公爵,看见他同国王打网球,玩夺环游戏,还听见他谈话;而且,无论哪方面，她都看出他远远胜过其他所有人，他所到之处，总以高雅的风度和才智的魅力，成为谈话的中心人物，结果时过不久，他就在德·克莱芙夫人心中留下了深刻的印象。

同样，德·内穆尔先生对她怀着炽烈的爱慕之情，在占主导地位的取悦的愿望驱动下，他表现得更加温柔多情，更加活跃风趣，也确实比平时显得更加可爱。就这样，两人经常见面，彼此都看出对方是朝廷里最完美的人儿，也就很难不倾心相慕了。

各种娱乐活动，德·瓦朗蒂努瓦公爵夫人无不参加，而国王还像初恋那样，对她情深意切，关怀备至。德·克莱芙夫人这样年龄的人，不相信女子过了二十五岁还会有人爱，但是目睹已当了祖母、并刚刚嫁了孙女的公爵夫人，还得到国王的眷恋，就不免万分诧异了。她时常向母亲德·沙特尔夫人提起这件事：

"您说说看，"她说道，"国王对她的爱能持续这么久吗？一个年纪比他大得多，还做过先王情妇的女人，听说她现在还有许多情夫，国王对她怎么还能眷恋不舍呢？"

"其实，"德·沙特尔夫人答道，"国王这样痴情，而且延续至今，并不是因为德·瓦朗蒂努瓦公爵夫人多么贤淑，多么忠贞，正因为不是这样，也就不可原谅了。因为，假如这个女人出身高贵，当初又年轻貌美，从未爱过任何人，只是一心一意爱国王，而且不图显赫地位和财富，只爱他本人，利用自己的影响力只做正当事，只做令国王高兴的事，果真如此，那就得承认，人们很难不颂扬国王对她的深深眷恋之情。"

"一般人都说，"德·沙特尔夫人接着说道，"像我这样年纪的妇女，全喜欢讲述当年的故事；我若不是担心您也会这样说我，就可以告诉您，国王当初是怎样热恋上公爵夫人的，以及先王在朝时的许多事情，那些事同现在出现的情况，有着千丝万缕的联系。"

"旧事重提，夫人，"德·克莱芙夫人又说道，"我非但不会怪您，还要怨您没有把现时的情况告诉我，对我绝口不提朝中的各种利害冲突、错综复杂的关系。这些我一无所知，甚至不久前，我还以为大总管和王后相处得很融洽呢。"

"您那时的看法，与事实截然相反，"德·沙特尔夫人答道，"王后憎恨大总管，一旦她把握权力，大总管是最敏感的。王后知道他对国王多次说过，在所有的王子中，只有私生子长得才像国王。"

"我无论如何也猜不出这种仇恨，"德·克莱芙夫人接口说，"大总管坐牢时，我就知道王后特意写信问候他，见他出狱时又特别高兴，还像国王那样，始终称他为'我的朋友'。"

"在朝廷这种地方，您若是凭表面现象判断事物，就会经常出错：表露出来的，几乎全不是真相。"

"再回头来谈谈德·瓦朗蒂努瓦公爵夫人，您知道，她在娘家名叫狄安娜·德·普瓦捷，她出身名门望族，是从前几代阿基坦公爵的后裔，她的老祖母是路易十一世的私生女，总而言之，她出身非常高贵。然而，她父亲圣-瓦利埃受波旁大总管案子的牵连，被判处死刑，送上了断头台：那件案子您听说过。不过，他女儿佳妙无双，早已得到先王的欢心，不知她用了什么办法，救了她父亲的性命。圣-瓦利埃只等一死，却突然得到赦令，但是他惊吓过度，从此不省人事，没过几天就死了。他女儿作为先王[①]的情妇出入于朝廷。先王出游意大利，后来又遭囚禁，这段恋情才算中断。他从西班牙回国，摄政太后去边城巴约讷迎候，并带去了所有女儿，其中德·彼斯勒小姐，即后来的

---

① 本书中的"先王"，一般指弗朗索瓦一世。

德·埃唐普公爵夫人,得到了先王的爱。论门第、才情和姿色,她都比不上德·瓦朗蒂努瓦公爵夫人,但是她非常年轻,仅仅在这一点上占了上风。我多次听她说过,她是在狄安娜·德·普瓦捷结婚的那天出生的,这样讲是出于仇恨的心理,并不符合实际。因为,若是不知道德·瓦朗蒂努瓦公爵夫人嫁给诺曼底司法大总管、德·勃雷泽先生之日,正是先王爱上德·埃唐普夫人之时,我还真可能信以为真了。

"这两个女人彼此仇恨之深,可以说前所未有。国王的情妇这一称号,让德·埃唐普夫人夺去,德·瓦朗蒂努瓦公爵夫人绝不能原谅;反之,德·埃唐普夫人也嫉妒得要命,因为国王还继续同德·瓦朗蒂努瓦公爵夫人有来往。这位国王并不钟情于他的情妇们,但其中总有一个有此称号和荣誉,而人称'小后宫'的那些贵妇,则轮流担任这种角色。

"他的长子在图尔农去世,据说是被毒死的,失去太子,国王万分悲痛;他对当朝在位的次子,没有那么亲热,也没有那么喜爱,总认为次子缺乏胆识,缺乏活力。有一天,他向德·瓦朗蒂努瓦公爵夫人诉了苦衷,夫人则说,她愿意设法让王子爱上她,再力图让王子变得活跃些,变得更加讨人喜欢。正如您见到的这样,她的计划成功了,而且这场恋情持续了二十多年,没有因时间长久和各种障碍而改变。

"起初先王持反对态度,或许他对德·瓦朗蒂努瓦公爵夫人仍有几分爱恋,难免心生嫉妒,或许德·埃唐普夫人从中作梗,她见新太子迷恋上她的对头,便忍无可忍了,但是有一点可以肯定,国王目睹这种恋情的发展,心中又恼又忧,这种情绪每天都有所表露。然而,王太子并不惧怕父王的恼怒和怨恨:什么也不能削弱这种恋情,也不能迫使他将感情隐藏起来。国王无可奈何,渐渐容忍而习以为常了。国王见二王子违命,父子关系就更加疏远,越发亲近三王子,德·奥尔良公爵。三王子相貌堂堂,一表人才,雄心勃勃,充满激情,有一股青年的锐气,但是需要克制,再随着年龄的增长而思想成熟起来,就一定会有远大的前程。

"一方面,太子具有长子的身份,另一方面,德·奥尔良公爵深得父王的恩宠,于是兄弟之间不免明争暗斗,以致反目成仇。从童年起,兄弟二人就开始争宠,始终就没有间断过。查理五世皇帝[①]途经法国时,就完

[①] 查理五世(1500—1558),德意志皇帝(1519—1556),西班牙国王(称查理一世,1516—1556),他是法王弗朗索瓦一世的死对头,曾三次发动反法战争。法国亨利二世继位之后,两国又交战,最终不得不和谈,签订《奥格斯堡和约》。

全偏爱德·奥尔良公爵；太子明显觉出了这一点，因此，在皇帝驻跸尚蒂伊时，他就要求大总管逮捕皇帝，不必等国王的旨意。大总管没有照办。事后，国王还责备了大总管没有听从太子的建议；接着将他逐出朝廷，这件事也是一条重要的原因。

"德·埃唐普公爵夫人见两位王子不和，便打算拉拢德·奥尔良公爵支持自己，让他在国王面前与德·瓦朗蒂努瓦公爵夫人抗衡。她还真得手了：这位王子虽然没有爱上她，但是在维护她的利益方面，不亚于太子维护德·瓦朗蒂努瓦公爵夫人的利益。您能想象得出来，朝廷就是这样形成了两派；当然，这种明争暗斗并不限于女人的纷争。

"皇帝对德·奥尔良公爵一直抱有好感，曾多次要把米兰公国赐给他。后来，在草拟的和约中，皇帝表露这样的意向：将十七个省份赐给他，并将自己的女儿嫁给他。然而，太子既不想媾和，也不愿意联姻，于是，他指使他一直喜爱的大总管面陈国王，说明此事至关重要，王位的继承人不宜有一个强大的兄弟，因为德·奥尔良公爵一旦与皇帝联姻，得到十七个省的馈赠，就会变得十分强大。太子此举，也针对热切盼望德·奥尔良公爵增长势力的德·埃唐普夫人，而大总管恰好同这位夫人是死对头,因此更同意太子的做法了。

"其时,太子在香槟地区指挥作战,几乎要全歼查理五世皇帝的军队;德·埃唐普公爵夫人担心法国方面占了绝对上风,就可能拒绝和谈,拒绝德皇与德·奥尔良公爵联姻,她便秘密通知敌军偷袭囤积粮食之地:埃佩尔内和蒂耶里堡。敌军照计偷袭,这才免遭覆灭的命运。

"不过,这位公爵夫人背叛而得逞,成果也没有享受多长时间。不久,德·奥尔良公爵得了一种传染病,在法尔穆蒂埃去世。生前,他与朝廷的一位美妇相爱,我就不讲出她的姓名了,因为从那以后,那位夫人谨言慎行,将她对这位王子的爱埋藏在心里,也就理应维护她的名节。也是天缘巧合,那位夫人得知德·奥尔良公爵去世消息的当天,又接到了她丈夫溘逝的噩耗,正好借此之故,既不必强忍悲痛,又能掩饰真正的哀伤。

"三王子夭折之后,国王也没能活多久,过两年便驾崩了。他临终嘱咐太子重用图尔农红衣主教和阿纳博尔海军司令,绝口不提打发到尚蒂伊的大总管。然而,太子即位,头一件事就是召回大总管,让他掌管军国大事。

"德·埃唐普夫人被逐,受到一个强敌的种种虐待,也是意料之中的事。德·瓦朗蒂努瓦公爵夫人彻底报复了德·埃唐普夫人,以及她不喜欢的所有人。她对国王思想的影响更加绝对,超过他当太子的时候。当今国王在位十二年来,她成为所有事务的主宰,掌管国家财政和要务;她促使国王赶走图尔农红衣主教、掌玺大臣奥利维埃,以及朝官维勒鲁瓦。凡是提醒国王注意她行为的人,无不遭受暗算。炮兵司令德·塔克斯伯爵不喜欢她,忍不住谈论她的风流韵事,尤其她同德·勃里萨克伯爵的私情;可是,她的手段实在高明,不仅让德·塔克斯伯爵失宠并丢了官,而且几乎令人难以置信的是,竟让国王十分嫉妒的德·勃里萨克伯爵取而代之,进而还晋升为法国元帅。然而,国王的嫉妒情绪日益强烈,无法容忍这位元帅留在朝中;不过,这种嫉妒在别人身上表现得尖锐而凶猛,而体现在他身上则温和而有节制,只因他对自己的情妇极为尊重,不敢明着打发走,只能找个借口,让他的情敌去管理彼埃蒙地区。德·勃里萨克伯爵在那地区一待数年,去年冬天才借故回到京城,请求给他指挥的军队增加兵员和军需物品,但此行一个很重要的原因,还是渴望再见见德·瓦朗蒂努瓦公爵夫人,怕被她遗忘了。国王接见他时,态度非常冷淡。吉兹兄弟也不喜欢他,但是碍于德·瓦朗蒂努瓦公爵夫人,不敢表露出来,只能假借他的死对头主教代理之手,阻止他得到他此行请求的任何东西。要整治他也不难:国王恨他,见他入朝心中就不安了。结果,德·勃里萨克伯爵不得不空手而归,也许至多在德·瓦朗蒂努瓦公爵夫人心里唤起旧情,重新点燃因长期离别而渐熄的爱火。当然,国王还有不少令他嫉妒的对象,但是,或许他不认识,或许他未敢发泄怨恨。"

"女儿啊,"德·沙特尔夫人又补充一句,"不知道您是不是觉得我讲多了,超出您所要了解的。"

"唉!夫人,"德·克莱芙夫人答道,"我非但不会抱怨,还要不揣冒昧,请您讲一讲许多我不了解的情况。"

德·内穆尔先生对德·克莱芙夫人的爱,一开始就非常强烈,以致对他所爱过的所有女子都失去兴趣,甚至将她出现之前与他有关系的女子全置于脑后,连断绝关系的借口都不屑于找一个,更没有耐心听她们抱怨和回答她们的责备。太子妃本来引起他相当炽烈的感情,但是在他心中还难以抵御德·克莱芙夫人。

赴英国办差事的急切心情，也开始减缓了，他不再催办行程必备的事物。他常去太子妃的府上，只因德·克莱芙夫人常去那里，能让人以为他对太子妃还有感情倒也不错。在他的心目中，德·克莱芙夫人佳妙无双，因此，他下决心宁可不向她表露一点心迹，也不愿贸然行事，让人看出这种感情，甚至对他那无话不谈的知交德·沙特尔主教代理，也没有提及此事。他的行为极为检点，处处谨慎小心，除了德·吉兹骑士外，任何人都没有看出他爱上了德·克莱芙夫人。就连德·克莱芙夫人本身，她若不是对他倾慕而特别注意他的一举一动的话，也是很难觉察出来的。

德·克莱芙夫人对这位公爵的感情，没有像从前有追慕者那样，打算告诉她母亲，她倒不是有意隐瞒，但就是绝口不提。然而，德·沙特尔夫人看得再清楚不过，同时也看出女儿对这位公爵也很倾心，就不免黯然神伤，她深知一个年轻女子和一个貌如德·内穆尔先生的人倾心相爱会有什么危险。几天之后发生的一件事，就完全证实了她对这种爱恋的猜测。

圣安德烈元帅爱炫耀，总找机会搞搞排场，这次借口新府邸刚刚落成，恳请国王携王后、太子妃赏光去赴晚宴；同时，他也乐得向德·克莱芙夫人显示显示这种豪华的铺张。

举办这次晚宴的几天前,王太子本来病弱的身体状况更糟。他的夫人,女王太子妃在身边守了一整天。到了晚上,王太子感觉好了一些,便让在前厅候见的达官贵人全部进去,而太子妃则回到自己的宫室,见德·克莱芙夫人和几位关系最密切的贵妇。

由于时间已晚,太子妃没有梳洗打扮,也就不去见王后,并派人禀报王后不去问安了,随后又吩咐人将首饰箱拿来,以便挑选几件佩戴,去参加圣安德烈元帅举办的舞会,同时也赠给德·克莱芙夫人几件,这是她早就答应过的事儿。她们正忙着挑拣首饰的时候,孔代亲王进来了:他身份尊贵,任何府邸都能随意出入。女王太子妃说,想必他从她丈夫太子那里来,并问他大家在那里做什么呢。

"大家都同德·内穆尔先生辩论呢,夫人,"亲王答道,"他非常激烈地为一种观点辩论,看来一定事关他本人。我想他有了情妇,那女子一出现在舞会上,就引起他不安,因而他特别强调,在舞会上看见自己所爱的女子,是一件十分尴尬的事。"

"什么!"太子妃接口说道,"德·内穆尔先生不希望他的情妇去参加舞会?我本以为做丈夫的不愿让自己的妻子去那种场合,却万万没有想到,情人也会产生这种念头。"

"德·内穆尔先生认为,"孔代亲王又说道,"舞会是情人最难以忍受的场合,不论他们得到爱还是没有得到爱。他说,他们若是得到了爱,也会因以后几天对方感情淡薄而伤心,要知道,世间哪个女子心思用在妆饰上,都会忽略自己的情人;她们精心打扮,既为了自己所爱的人,也是要给所有人看,一到舞会上,就想取悦于所有注意看她们的人,就会为自己的美貌而沾沾自喜,可是这种快乐,在很大程度上又与她们的情人无关。他还说,还没有得到爱的男人,看见自己心上的女子参加聚会,心里就更加难受了:心上的女子越是受到公众的赞赏,他们就越为自己的单恋而痛苦,唯恐心上女子的美貌引起更为幸运的男人的追求。总而言之,德·内穆尔先生认为,不论在舞会上看到自己的情妇,还是知道她去参加而自己不到场,这种凄苦的心情是无可比拟的。"

德·克莱芙夫人佯装没有听见孔代亲王所讲的话。其实,她听得非常仔细,也不难听出德·内穆尔先生所持的观点,尤其他所说的自己不能出席情妇去参加的舞会的那种伤怀,在很大程度上关系到她,因为,他要受国王派遣，去迎接德·费拉尔公爵，就不能参加德·圣安德烈元帅举办的舞会了。

女王太子妃和孔代亲王都笑起来，她也不同意德·内穆尔先生的观点。

"夫人，"亲王对太子妃说，"只有一种情况，德·内穆尔先生会同意自己的情妇参加舞会，那就是他本人主办的舞会。德·内穆尔先生就说，去年他为殿下您举办过一场舞会，他看到他情妇赏光出席了，尽管她似乎是陪同您前去的，不管怎样，去参加情人组织的一次娱乐活动，对情人来说，总是一种爱的表示；而且，让情妇看着他主持一次整个朝廷都出席的聚会，看着他雍容风雅，善尽主人之谊，也总是一件快慰人心的事儿。"

"德·内穆尔先生那次做得对，"女王太子妃笑道，"他同意情妇去参加舞会。不过那时候，他认定的情妇人数众多，如果她们全不去，那么舞会就势必冷冷清清了。"

孔代亲王一开始讲述德·内穆尔先生对舞会的看法，德·克莱芙夫人就产生一种强烈的愿望，绝不出席德·圣安德烈元帅举办的这场舞会。她不用怎么考虑，她也乐得在一个重大问题上，做一件有利于德·内

45

穆尔先生的事情。不过,她还是带走了太子妃送给她的首饰,晚上拿给母亲看时,却说她不打算戴了,只因德·圣安德烈元帅千方百计要向她表示爱慕,她算定他也要让人相信,她准会出席他为国王举办的晚会,而且他借感谢她光临之机,还要向她大献殷勤,会把她置于为难的境地。

德·沙特尔夫人觉得女儿的看法很古怪,便争论了一阵,后来见女儿固执己见,也就顺随其意,只是对她说,必须推托有病不能前去,而真正不能赴会的原因是拿不出手的,甚至不能让人猜测出来。德·克莱芙夫人情愿在家中待几天,以免前往德·内穆尔先生不会到场的地方。然而,德·内穆尔先生动身时,并不知道她不去参加舞会,也就无法领略这份高兴的心情。

舞会后的次日,德·内穆尔先生回来,听说德·克莱芙夫人没有出席晚会,但他并不知道有人在她面前复述了他在太子寝宫的谈话,也就绝难想到这是他的话起了作用。

第二天,德·内穆尔先生在王后的宫室里,正同太子妃说话,德·沙特尔夫人和德·克莱芙夫人也到了,不大工夫便来到太子妃跟前。德·克莱芙夫人衣着打扮稍微随便了一点,就像身体不适的人那样,不过,她的脸色同她的衣着并不协调。

"您可真美呀,"太子妃对她说,"我简直不能相信您生过病,想必孔代亲王对您谈了德·内穆尔先生对舞会的看法,您就相信了,认为应邀去参加晚会,就是向德·圣安德烈元帅表示了爱意,于是就借故不去。"

太子妃猜中了,并且把心中猜想的,当着德·内穆尔先生的面讲了出来,说得德·克莱芙夫人脸都红了。

德·沙特尔夫人这时才明白,女儿为什么不肯去参加舞会;但是,她要防止德·内穆尔先生也看清这一点,就郑重其事地说道:

"夫人,我向您保证,"她对太子妃说,"殿下对我女儿过奖了。她真的病了,而且我相信,若不是我阻拦,她会随您前去,不惜带着病容抛头露面,观赏昨晚精彩的娱乐活动,也好开开心。"

太子妃相信了德·沙特尔夫人的这番话。德·内穆尔先生心里很恼火,差一点相信了表面现象,然而,他看见德·克莱芙夫人红了脸,不禁猜想太子妃的话不可能完全背离事实。德·克莱芙夫人起初心里也很不痛快:德·内穆尔先生居然有理由相信,是他阻止了她去德·圣安德烈元帅府的；可是接下来，母亲却完全打消了德·内穆尔先生的这种想法，她不免又有点伤心了。

尽管塞尔冈会议中止了，和谈还一直继续进行，事情也有具体安排；二月底，各方又在康勃雷兹堡相聚，回到谈判桌上的还是原来的代表。德·圣安德烈元帅也离开京城，德·内穆尔先生的情敌走了，那是最可怕的情敌，因为他不仅注意观察所有接近德·克莱芙夫人的男子，还可能进而成为她身边的红人。

德·沙特尔夫人也不愿意让女儿看出，她已洞悉女儿对这位公爵的感情，唯恐女儿要想对她谈这类事情时，对她心存疑虑。有一天，她向女儿提起德·内穆尔先生，说了他好话，但是话中掺杂许多明褒实贬的词儿；说他为人处世特别理智，不会坠入情网；说他善于同女人打交道，但只为一时的乐趣，而不是真情实意。她还补充说道：

"这并不是说，别人怀疑他对太子妃的深情，我甚至看见他经常去那里,我还要劝您尽量避免同他交谈，尤其避免同他单独谈话,因为,照现在太子妃待您之厚，不久别人就会传言您是他们俩的知情人，您也知道，这种名声有多讨厌。我认为如果这种传闻继续下去，您还是少去太子妃那里为好,免得卷入那种风流韵事中。"

德·克莱芙夫人从未听人说过,德·内穆尔先生和太子妃有什么关系,这次听了母亲对她讲的话,不禁万分诧异,她真的以为明白自己对这位王子的感情的看法,实在大错特错了,因而脸色陡变。这情景,德·沙特尔夫人看在眼里,但这时来了客人,德·克莱芙夫人便回到自己的居室,独自关在书房里。

她听了母亲的这番话,才认识到自己对德·内穆尔先生的感情,由此产生的痛苦难以言传。这种感情,自己在内心里还始终不敢承认。现在她才明白,这正是德·克莱芙先生一再向她恳求的感情,她没有给予应当享受的丈夫,却要给另一个男人。想到此处真是羞愧难当,觉得自尊心受到伤害,处境也很尴尬,担心德·内穆尔先生要利用她去交好太子妃;此念一生,她就决定把隐而未宣的想法告诉她母亲。

次日早晨,她就要按照自己的决定去办,走进母亲的房间,却发现德·沙特尔夫人有点发烧,也就不便讲了。不过,德·克莱芙夫人觉得母亲略感不适,不大要紧,下午她还是去了太子妃那里。只见太子妃在书房里,有两三位最亲近的贵妇陪伴。

49

"我们正议论德·内穆尔先生,"太子妃见她到来,便对她说道,"他从布鲁塞尔归来之后,变化多大,真令我们惊叹。此行之前,他的情妇数不胜数,这甚至是他身上的一个缺点,也就是说,他同等对待够资格的女子和不够资格的女子。此行回来之后,无论够资格还是不够资格的女子,他一概不认了:从来没有发生过这么大的变化;我甚至觉得他性情都变了,不像往常那样快活了。"

德·克莱芙夫人没有搭腔,她惭愧地想道,自己若是没有醒悟的话,或许还会把别人所说的这位公爵的变化,全看成是对她表露的爱呢。不过,太子妃心里比谁都清楚,还寻找这种变化的原因,故意大惊小怪。德·克莱芙夫人见此情景,心中不免有点恼火,忍不住要敲打敲打,正巧其他几位夫人走开了,她便凑到近前,低声说道:"刚才您的这番话,夫人,是说给我听的吧,难道您还要向我隐瞒,正是您促使德·内穆尔先生改变行为的吗?"

"您这样讲不公正,"太子妃对她说道,"您清楚,我没有什么要向您隐瞒的。老实说,我还记得,德·内穆尔先生去布鲁塞尔之前,他就有意向我暗示,他对我一点也不反感;然而,他回来之后给我的印象,似乎忘却了他做过的事情;我承认自己很好奇,想了解促使他变化的原因。"她又补充道,"这件事弄个水落石出,对我也不难。他的至交德·沙特尔主教代理爱上一位女子,而我对那女子有一定影响,通过她就能了解这种变化的缘故。"

太子妃说话的神态很诚恳,德·克莱芙夫人不能不确信,不觉心情比原先平静多了,也安逸多了。

德·克莱芙夫人回来,又见母亲病情加重了,体温升高,烧了几天不退,看来是一场重病,她忧心如焚,一步也不离开母亲的房间;德·克莱芙先生几乎每天都来探望,既关切德·沙特尔夫人的病体,又免得妻子过度忧伤,当然见她的面也是一种乐趣;他对妻子的爱始终未减。

德·内穆尔先生同他一直交谊很深,从布鲁塞尔回来,也不断地向他表示这种友谊。在德·沙特尔夫人生病期间,这位王子就有了借口,佯装来看德·克莱芙先生,或者来约他出去散步,便同德·克莱芙夫人见了几次面;甚至明知丈夫不在还来找他,并借口等候,便待在德·沙特尔夫人那里,而那里总有几位贵妇候见。德·克莱芙夫人时常到会客厅,她虽然满面忧容,但在德·内穆尔先生看来,仍然那么妩媚动人。

他有意让德·克莱芙夫人看出,他是多么关注她的忧伤,对她讲话时柔声细语,因而不难让她确信,他爱的不是太子妃。

德·克莱芙夫人一见到他,就不禁心慌意乱,可是又有一种惬意之感。然而,当他不在眼前时,她想到自己发现他身上有股魅力,这恐怕就是爱的苗头,于是心中十分苦恼,几乎认为自己怨恨他了。

德·沙特尔夫人的病情极度恶化,恐怕性命难保了。她听了几位大夫告知她的危险,表现出了无愧于她的德行和虔诚的勇气。等医生告辞了,她就吩咐众人出去,让德·克莱芙夫人前来。

"我的女儿,我们要分手了,"她伸出手,对女儿说道,"您处境危险,正需要我的帮助,我真不忍心在这种时候离开您。您倾心爱慕德·内穆尔先生;我绝不要求您向我承认,我再也不能借助您的坦率来引导您了。我觉察您的心思已有很长时间,但是我不愿意先说破,怕让您意识到这一点。现在,您这种感情,我了解得太清楚了:您到了深渊的边上,要悬崖勒马,就必须竭力克制自己。想一想,您要对得起您丈夫,想一想,您也要对得起您自己,再仔细想想,您要丧失的,正是您赢得的,也是我殷切期望的名声。我的女儿,拿出勇气和力量来,离开朝廷的生活,务必让您丈夫把您带走,绝不要怕做出极严厉、极艰难的决定,不管您开头觉得这种决定多么可憎,到后来就差强人意了,避免一场风流带来的种种不幸。假如在美德和您的责任之外,还别有原因迫使您违背我的意愿,那我就要对您说,真有什么东西能搅了我临终期望的幸福,那无非是眼睁睁看着您像别的女人一样失足;不过,这种不幸倘若一定会降到您的头上,那我死了倒高兴,免得目睹这不幸的情景。"

德·克莱芙夫人失声痛哭,泪水落到她紧紧握着的母亲的手上。德·沙特尔夫人也悲从中来,对女儿说道:

"永别了,我的女儿,结束这次谈话吧,我们彼此都太动情了。如果可能的话,您就记住我刚才说的这番话吧。"

说罢,她便翻过身,背过脸去,吩咐女儿唤众使女进来,她既不想听女儿讲话,自己也不愿说什么了。可想而知,德·克莱芙夫人离开母亲房间时心情有多沉重。德·沙特尔夫人则一心准备死了。她又活了两天,但是在这两天中,她不愿意再见自己的女儿,这世上她唯一牵挂的人。

德·克莱芙夫人极度哀伤,她丈夫则不离左右,等德·沙特尔夫人一咽气,他就携妻子去乡下,远离只能加剧她的哀痛的地方。丧母之痛,从未见过这样强烈的,这其中亲情和感激固然占很大成分,但是为防范德·内穆尔先生,她感到需要母亲的支持,这一点也占相当的分量。此时,她正控制不住自己的感情,正渴望有人能给予她同情和力量,不料却落个孤立无援,这该有多不幸啊!德·克莱芙先生对她体贴入微,因此,她比以往任何时候都更愿意恪尽妇道、知恩图报,也的确对他多了几分友谊和温情,不愿意让他离开,觉得自己紧紧依恋他,就能得到他的保护,就能抵御德·内穆尔先生。

这位公爵又到乡下来看望德·克莱芙先生,也千方百计地想拜会德·克莱芙夫人。这位夫人却根本不愿意接待他,只因她心里明白自己没法儿不觉得他可爱,就暗下决心不见他,回避所有取决于自己的见面机会。

德·克莱芙先生去巴黎入朝,答应妻子次日返回,结果第三天才回到乡下。

"昨天我等了您一天,"德·克莱芙夫人见他回来,便对他说道,"既然答应又不按时返回,我真该责备您几句。要知道,我本来已经非常悲痛,如果说又新添一种哀伤的话，那也是由于德·图尔农夫人去世，这消息是今天早晨听到的。即使同她不相识，我也会感到伤心。像她那样年轻美貌的女子，两天工夫就香消玉殒，总归是一件令人伤心的事情。况且，她是我特别喜欢的一位上流社会女子，据说又有才又有德。"

"昨天我没有赶回来，真是万分抱歉，"德·克莱芙先生答道，"不过，那也是万不得已，我必须去安慰一个不幸的人，不能抛开他不管。至于德·图尔农夫人，如果您把她当作一个十分贤淑的女子，特别敬重而惋惜的话，那么，我倒劝您不必为她伤心。"

"您这话令我诧异，"德·克莱芙夫人接口说道，"我听您多次讲过，没有哪个贵妇比她更令您敬重的了。"

"的确如此，"她丈夫答道，"不过，女子也真叫人难以捉摸。我见了所有女子，有了您才是我天大的福气，我怎么赞赏我的幸福都不为过。"

"过奖了，实不敢当，"德·克莱芙夫人叹了口气，答道，"现在还不是说我配得上您的时候。请您告诉我，您是通过什么事情认清德·图尔农夫人的。"

"我早就认清她了，"她丈夫答道，"我早就知道她爱德·桑塞尔伯爵，而且给伯爵能娶到她的希望。"

"我真不敢相信，"德·克莱芙夫人接口道，"德·图尔农夫人自从孀居后,表示特别憎恶结婚,还当众宣布她绝不想再婚,谁知她却让桑塞尔燃起这种希望。"

"如果只向他一个人许诺的话,那也不应当大惊小怪,"德·克莱芙先生接着说道,"然而,令人吃惊的是,她同时还让埃斯图特维尔抱这种希望,我来给您讲讲事情的全过程。"

第二章

"您知道,桑塞尔和我交情不错,然而,大约两年前,他爱上了德·图尔农夫人,却向我和其他人严守秘密。我绝想不到有这种事。德·图尔农夫人因丈夫去世,似乎悲痛不已,过着深居简出的生活,差不多只见桑塞尔的妹妹,而恰恰在她小姑子的府上,桑塞尔爱上了她。

"一天晚上,在卢浮宫有一台戏,只待国王和德·瓦朗蒂努瓦公爵夫人一到场就开演。可是有人来通知说,公爵夫人身体不适,国王也不来看戏了。不难判断,公爵夫人所谓身体不适,是同国王闹别扭。我们都了解,德·勃里萨克元帅入朝觐见,引起国王的嫉妒;不过,几天前,他已返回彼埃蒙,我们就想象不出这次争吵的缘故了。

"我正同桑塞尔说话的时候,德·昂维尔先生走进大厅,低声对我说,国王又伤心又气愤,那样子真叫人怜悯；几天前，就因为德·勃里萨克元帅，国王同公爵夫人有了争执，后来赠给她一枚戒指，以示和好，还求她戴在手上；可是，她换装准备来看戏时，国王却发现她手上没戴那枚戒指，便问是何原因；戒指不见了，公爵夫人也深感诧异，便问她的使女，糟糕的是，几名使女没有得到明确指示，就回答说有四五天她们没见到那枚戒指了。

"'这时间恰好与德·勃里萨克元帅启程的日子相符，'德·昂维尔先生继续说道，'国王认定在分手时，公爵夫人将戒指送给德·勃里萨克元帅了，而他这样一想，心中尚未完全熄灭的妒火又猛烈地燃烧起来，并且一反常态，忍不住对公爵夫人大加指责。现在，国王刚刚回到寝宫，那样子伤心极了；然而我说不准他这样沮丧，是因为公爵夫人把戒指轻易给了人，还是担心他的恼怒会惹公爵夫人不痛快。'

"德·昂维尔先生一给我讲完这条消息，我就凑到桑塞尔身边，将这条消息作为一个秘密告诉他，还嘱咐他不要外传。

"次日一清早，我去我嫂子府上，看到德·图尔农夫人坐在她床头。德·图尔农夫人不喜欢德·瓦朗蒂努瓦公爵夫人，她也了解我嫂子对公爵夫人不怎么称道。桑塞尔看完戏到她那里去过,对她讲了国王同公爵夫人闹翻的事儿;德·图尔农夫人又来告诉我嫂子,却不知道这条消息正是我告诉她情夫的。

"我一走到嫂夫人跟前,她就对德·图尔农夫人说,她不等德·图尔农夫人的允许,就打算把她刚听到的情况告诉我,接着,就将我头天晚上告诉桑塞尔的话,一字不落地对我讲了一遍。您判断得出来,当时我有多么惊奇。我注视德·图尔农夫人,看得她有点发窘。她的窘态引起我的怀疑:这件事我只对桑塞尔讲过,看完戏他就离开,也没有说去哪儿。我想起来听他大肆赞扬过德·图尔农夫人。这些情况联系起来,我就睁开了眼睛,不难看清桑塞尔同她有私情,他离开我之后就去会她了。

"我一明白他向我隐瞒了这一艳情,心里很恼火,于是讲了好几件事,以便向德·图尔农夫人暗示,她此举很不慎重。我送她上马车,分手时还明确对她说,那个把国王和德·瓦朗蒂努瓦公爵夫人的争执告诉她的人,真有福气,令我非常羡慕。

"我当即去找桑塞尔;见面就责备他,说我已经知道他热恋着德·图尔农夫人,但是没有讲我是怎么发现的。他不得不向我承认,然后我才告诉他我是通过什么知道的。他也把他们相爱的详情讲给我听,说他在家中虽然不是长子,也不敢奢望这样优渥的婚姻,但是她却一心要嫁给他。我听了真是万分惊讶。我对桑塞尔说,要结婚就尽快,一个女人在世人面前能装模作样,扮演一个同事实大相径庭的人物,恐怕是最靠不住的。他回答我说,当时她的确很伤心,但是对他的爱却压倒了这种悲伤,她不能让人看出变化得太突然。桑塞尔还对我讲了一些应谅解她的理由,他的话让我明白,他深深坠入了情网。他向我保证说,一定让她默许我成为他对她热恋的知情人,既然她本人已把这种隐私泄露给我了。他果然办到了,不过也费了不少口舌。就这样,我进一步了解了他们俩相恋的情况。

"我从未见过一个女子对待情人,行为如此端庄,又如此可爱;然而,我对她佯装悲伤的样子一直很反感。桑塞尔爱得既深,对她所采用的爱的方式又十分满意,也就不敢催促结婚,怕让对方错以为他结婚是图利,而不是出于真心的爱。当然,桑塞尔也向她提过,她则表示决意要嫁给他,甚至渐渐改变蛰居的生活,开始在社交场合露面了。她常去我嫂夫人府上,总赶上一部分朝官命妇在那里聚会的时刻。桑塞尔不常去,而每天晚上必到的那些人,经常见到德·图尔农夫人,都觉得她非常可爱。

"她开始脱离孤寂的生活不久,桑塞尔就觉出她对他的感情淡薄了一些。这种情况他多次向我提起过,而我倒认为他的抱怨没有什么根据;直到后来他对我说婚结不成了,她似乎在疏远他,这时我才开始相信他这种担心有道理,便回答他说,德·图尔农夫人的爱恋已有两年,热情减了几分也不足为奇;而感情即便没有减弱,但是又没有强烈到非嫁给他不可的程度,那就不应该抱怨。在公众看来,这门婚事对她损害极大,因为,对方不仅门第差些,而且还会坏了她的名声;总之,桑塞尔能抱的最大心愿,就是德·图尔农夫人不欺骗他,不让他产生虚幻的希望。我还对他说,如果她没有勇气嫁给他,或者向他承认她另有所爱,他也绝不应该恼火和抱怨,而应该对她继续保持敬重和感激的态度。

"我这样对他说:'我劝告您,也是为了自勉,要知道,我讲这话完全是坦率的,哪怕我的情妇,甚至我妻子向我承认喜欢上另一个人,我想我会伤心,但绝不发火。我会放下情人或丈夫的身份同情她,给她出主意。'"

德·克莱芙夫人听了这话,不禁脸红了,心想这同她眼下的状况不无关系,一时感到意外,不免心慌意乱,许久才平静下来。

"桑塞尔同德·图尔农夫人谈了,"德·克莱芙先生接着说道,"他把我给他的建议和盘托出;然而,德·图尔农夫人却百般安慰他,嗔怪他不该起疑心,保证而又保证,从而完全打消了他的疑虑。不过,她又把婚期推延到他旅行归来。这次桑塞尔要出远门,逗留相当长的时间,而且一直到他启程,德·图尔农夫人对他都十分体贴,并显出离别伤心的神色,因此,不仅桑塞尔,连我都以为她确确实实爱他。大约三个月前,桑塞尔动身了;在他出门期间,我同德·图尔农夫人很少见面:您的事儿就全部把我占用了,我仅仅知道他快要回来了。

"前天我到达巴黎,惊悉德·图尔农夫人去世了,就打发人去桑塞尔府上,看看有没有他的消息。打发的人回来告诉我,桑塞尔昨天就归来,正巧是德·图尔农夫人去世的当天。我立即去看望,猜得出他会多么悲痛,而见面看到他悲痛欲绝,大大出乎我的意料。

"我从未见过如此沉痛、如此深情的哀悼。他一见到我,便把我紧紧抱住,失声痛哭,边哭边对我说:

'我再也见不到她啦！我再也见不到她啦！她死啦！我就知道配不上她，不过，我也很快会随她而去！'

"说完，他就沉默了，过了半晌，他又断断续续，总重复同样的话：'她死了，我再也见不到她啦！'他重又声泪俱下，就好像一个失去理智的人。他对我说，他在外地不常收到她的信，但是并不感到奇怪，只因他了解她，知道她有难处，写信要冒风险。他毫不怀疑，旅行回来就能娶她，把她看成从未有过的最可爱、最钟情的女子，自以为受到她深情的爱恋。就在确信能同她结为终身伴侣的时候，却不料失去了她。他百感交集，五内俱裂，完全沉浸到极痛深悲之中；老实说，我在一旁看着都不免伤心。

"我不得不离开他去觐见国王，答应他很快就回去。我果如所言，回到他那里，发现他同刚才分手时判若两人，这一吃惊又是前所未有。桑塞尔站在屋子中央，满面怒容，走走停停，仿佛失去了自我控制。'过来，过来，'他对我说，'过来瞧瞧一个最痛苦绝望的贵绅；我的不幸比刚才又增加了千百倍，我刚了解到德·图尔农夫人的事，比她的死亡还要糟糕。'

"我以为他悲痛过度，心智迷乱了；我真的想象不出，还有什么比与自己相爱的情妇之死还糟糕的事情。我对他说，只要他的悲痛有所节制，我就会深表同情；反之，他若是消沉绝望，失去理性，就得不到我的同情了。

"'若是失去理性，连命也一起丧失，那我就太高兴了，'他高声说道，'德·图尔农夫人对我不忠：我得知她死讯的次日，才知道她对我负情背义了，而当时，我的心还沉浸在人们从未感受过的最剧烈的痛苦、最温柔的爱之中，她在我的心目中还是最完美的造物，最完美的形象，不料我却发现自己弄错了，她并不值得我为她流泪。然而，我照样为她的逝去而哀伤，就好像她一直对我忠诚似的；同时，我还为她的负情而伤心，就好像她没有死似的。假如在她去世之前，我就得知她变心了，那么嫉妒、气恼、狂怒就会充满我的心胸，使我变得冷酷起来，便能抵御因失去她而产生的痛苦。可是现在这种心境，我既不能自慰，也无法痛恨她。'

"您能判断出来,桑塞尔这番话多么出乎我的意料。我问他，他对我讲的这些情况又是怎么知道的。他向我讲述事情的经过：我从他房间出去不大工夫，埃斯图特维尔来看他，但是，他这位密友一点也不知道他是德·图尔农夫人的情人，埃斯图特维尔刚一坐下，就开始流泪,并说这次来要敞开心扉,告诉他一直对他隐瞒的事儿,请他原谅。还恳求他的同情,因为德·图尔农夫人之死,他成为世间最悲痛的人。

"'图尔农这个姓氏令我万分惊讶,'桑塞尔对我说道,'不过,我头一个反应还是要告诉他,我为此比他更悲痛,但是我又没有勇气讲出来。他继续对我说道,他爱上她已有半年时间,总想把这事告诉我,但是德·图尔农夫人坚决不准,而且口气十分严厉,他也就不敢违背了;几乎在他爱上她的同时,她也喜欢上他了,他们俩向所有人隐瞒了这种恋情,他从未公开到她府上,倒是在她丈夫过世的时候,他乐得去安慰她;总之,正当他要娶她之时,她却死了;这门婚事是爱情的结果,但是表面上看却像顺从妇道和父命,也就是说,她说服了父亲,让父亲出面命令她嫁人,以免显得言行不一:口头上讲无意再婚,而行动上变化得太突然。'

"桑塞尔还对我说:'埃斯图特维尔对我讲的话,我还是相信的,因为我觉得真实可信,他所讲的开始爱上德·图尔农夫人的时间,恰好是我觉出她有了变化的时刻;可是过了一会儿,我又认为他说谎,至少是想入非非。我正想谈出这种看法,随即又想还是先把事情弄清楚,于是盘问他,对他的话提出种种疑问;总之,我为了确认是自己的不幸,就刨根问底,他被逼无奈,只好问我是否认识德·图尔农夫人的笔迹。接着,他取出她写的四封信和她的肖像,放到我床上。这时,我兄弟进来,埃斯图特维尔满面泪痕,只好离去,免得被人瞧见,对我说东西留下,晚上他再来取。我急于想看他留下来的几封信,便借口身体不舒服,把我兄弟打发走了。我希望在信中找到根据,否定埃斯图特维尔对我讲的话。然而,唉!我在信中什么也没有找到啊!多少柔情蜜意!多少海誓山盟!多少一定嫁给他的保证!多美妙的情书!她就从来没有给我写过类似的信。这样,'他又补充说,'我感受到情人逝去和不忠的双重痛苦。这两种痛苦人们经常拿来对比,但是从来没有同时落到一个人身上。说来实在丢人,我得承认,她变心令我痛心,她去世更令我心痛,我还不能认为她死有余辜。假如她活在世上,我还能去责备她,进行报复,指出她负情背义,也好一吐为快;然而,我再也见不到她了,'他重复说道,'我再也见不到她了。这是痛苦中最大的痛苦。我情愿用自己这条命换回她的生命!多么荒唐的愿望!她若是死而复生的话,那也是为埃斯图特维尔活着。昨天我还是那么幸福!'他提高嗓门儿说道,'我多么幸福啊!我是世间最哀痛的人,但我的哀痛是合乎情理的,而且想到终生都得不到宽慰,心里倒有点温馨之感。今天看来,我的感情全是一厢情愿。我为她对我的虚情假意,就像为真情实意那样付出了同样痛苦的代价。我想到她,既恨不起来,也爱不了,既不能自慰,也无法伤悲。'

"桑塞尔猛地转向我,又说道:'求求您,至少设法,再也不要让我见到埃斯图特维尔的面了,听他这名字我就厌恶。我心里完全明白,自己没有理由怪他,错就错在我向他隐瞒了对德·图尔农夫人的爱,假如他知道这件事,他也许就不会去追求,而德·图尔农夫人就不会对我负心了。他来见我是要倾诉心中的悲痛,他也引起我的怜悯之心。唉!这也是理所当然的,'桑塞尔高声说道,'他爱德·图尔农夫人,并且得到对方的爱,今后又永远见不到她了。然而,我心里又明明感到,我不由自主地要恨他。再次求求您设法,绝不要让我见到他了。'

"接着,桑塞尔又痛哭流涕,哀悼德·图尔农夫人,向她诉说,讲些无比温柔的话语;过了一会儿,他转爱为恨,对她又是怪怨,又是责备,又是诅咒。我见他情绪如此激烈,心下就明白,我必须找个帮手,才能让他平静下来。我打发人去找他兄弟,我和他兄弟刚才是在国王那儿分手的。人到了前厅,我不待他进入里间,就对他讲了桑塞尔的状态。我们吩咐下去,不让他见到埃斯图特维尔,夜晚还用了一部分时间劝他理智些。今天早晨,我还看出他更加伤心。有他兄弟陪伴,我就回到您的身边了。"

"我可真是万万没有想到,"德·克莱芙夫人说道,"还以为德·图尔农夫人不会再爱人,不会再去骗人了。"

"在随机应变和弄虚作假方面,谁也没有她走得那么远,"德·克莱芙先生接口说道,"要知道,桑塞尔认为她对他的态度有变化的时候,她也真的变心了,开始爱上埃斯图特维尔。她对埃斯图特维尔说,是他安慰了她的丧夫之痛,也是因他的缘故,她才脱离深居简出的生活;而桑塞尔还以为是多亏我们的劝解,她才显得不那么伤悲了。她向埃斯图特维尔强调掩饰他们的私情,装作迫于父命才嫁给他,以维护她的名声,其实是要抛弃桑塞尔,而又让他无法抱怨。我必须回巴黎,去看看那个不幸的人,"德·克莱芙先生接着说道,"我认为您也应当回去,回去见见人,接待络绎不绝的来客,这是您躲避不了的。"

德·克莱芙夫人同意了,于次日返回巴黎。她见到德·内穆尔先生时,心情就比以往平静多了。德·沙特尔夫人临终对她讲的话,以及丧母之痛,暂缓了她的爱恋之情;她甚至以为这种感情完全消除了。

她回到巴黎的当天晚上,太子妃前来看望,向她表示沉痛哀悼之后,又说为了给她排解哀思,愿意对她讲述她在外地这段时间,朝廷发生的各种情况,接着便介绍了好几件异乎寻常的事情。

"不过,我最想讲给您听的,还是德·内穆尔先生的事儿,"太子妃又说道,"可以肯定,德·内穆尔先生正在热恋,可是,就连他最亲密的朋友都不得而知,也猜不出他爱的是哪位女子。但是,这种爱相当强烈,他甚至不把王位放在心上,说得再明白点儿,他放弃赢得王冠的希望。"

接着,太子妃讲述了在英国发生的情况。

"我刚对您讲的事儿,还是听德·昂维尔先生说的,"太子妃继续说道,"今天早晨他告诉我,国王接到利涅罗勒的信件,他在信中请求回国,说德·内穆尔先生行期一再拖延,他在英国女王面前实在无法交代;信中还说女王开始恼怒了,当初她虽然没有明确许诺,但毕竟讲得相当清楚,让人去英国碰碰运气。

国王昨晚就派人传见德·内穆尔先生,给他念了这封信。德·内穆尔先生一改当初的态度,说话一点也不严肃,只是讪笑、戏谑,嘲讽利涅罗勒所抱的希望。他说,他没有成功的把握,就去英国求婚要做女王的丈夫,那么整个欧洲都会指责他冒失的行为。

"德·内穆尔先生接着说道:'我觉得眼下前往英国实为不妥,西班牙国王正不遗余力,非要娶女王不可。在情场上,他可能算不上个可畏的敌手;然而在婚姻方面,我想陛下不会劝我去同他争个输赢吧。'

"国王则接口说道:'有这种机会,我倒是建议您不妨试试。不过,您也不是去同他争夺,据我所知,他别有打算;即使他没有别的图谋,玛丽王后也受够了西班牙的枷锁,不相信她妹妹还愿意把枷锁往自己头上套,还会让摞在一起的王冠的光辉晃得眼花缭乱。'

"德·内穆尔先生又说道:'即使她不会眼花缭乱,也有迹象表明,她要追求爱情的幸福。几年前,她爱过库特奈勋爵,而玛丽女王也爱上了他,如果全体英国臣民同意的话,就会嫁给他了,不料她妹妹伊丽莎白的青春和美貌,比王位更能打动勋爵的心。陛下也知道,玛丽女王的嫉妒十分强烈,竟把一对恋人投入监狱,继而又流放了勋爵。现在是伊丽莎白当了女王,我想她很快就要召回那位勋爵,选择她爱过的一个男人,而不会选她从未见过的另一个男人,更何况那位勋爵非常可爱,为她受尽了苦难。'

"国王立刻反驳说:'假如库特奈还活在世上,我也同意您的看法。然而前几天我得知,他死在流放地帕多瓦①了。我完全明白,'国王在分手时又对德·内穆尔先生说,'安排您的婚事,就得像办太子的婚事那样,派使臣去把英国女王娶回来。'

"德·内穆尔先生觐见国王的时候,德·昂维尔先生和主教代理先生都在场,他们确信还是这种痴情支配他,使他打消了这样一个宏图大志。主教代理比谁都了解德·内穆尔先生,他就对德·马尔蒂格夫人说过,这位王子变化太大了,简直判若两人;他尤为吃惊的是,竟然没有看见德·内穆尔先生同哪个女子有交往,也没有见他赴幽会;因此他认为,德·内穆尔先生同心上人毫无默契;德·内穆尔先生居然害了单相思,实在是变了一个人。"

太子妃这番话,对德·克莱芙夫人是何等剧毒!

---

①意大利北方城市。

通过无可怀疑的途径得知,这位已经打动她的心的王子,为爱情而放弃对王位的追求,还向所有人掩饰了这种痴情,德·克莱芙夫人怎么能不承认,自己就是那个姓名未露的女子,又怎么能不深深感激,满怀深情呢?因此,她此刻心中的感受和慌乱,是难以描摹的。太子妃若是注意观察,不难看出自己讲的事情同她不无关系,可是她丝毫也没有往这上面想,不假思索只顾讲下去。

"德·昂维尔先生,"太子妃补充说道,"正如我刚才讲的,把详细情况告诉了我,他还以为我更加了解内情,特别赞赏我的魅力,确信唯独我才能使德·内穆尔先生发生那么大的变化。"

太子妃最后这两句话,又使德·克莱芙夫人心慌了,但是不同于刚才的心慌意乱。

"我倒乐于赞同德·昂维尔的看法,"德·克莱芙夫人答道,"夫人,很多迹象都表明,只有像您这样的王妃,才能让人不把英国女王放在眼里。"

"这事儿我若是知道,肯定向您承认,"太子妃又说道,"事情果真如此,我也能知道。这种炽烈的爱情,绝逃不过激起这种感情的女子的眼睛,肯定会最先觉察的。德·内穆尔先生在我面前,仅仅稍微献点殷勤,而且一向如此；不过，他原先同我在一起的表现，和他目前的状态相差极大，因此我可以回答您，他对英国的王位无动于衷，并不是我引起的。"

"我同您在一起就忘了该办的事儿了，"太子妃又说道，"我要去看看公主。您知道，和谈快有结果了，可是您不晓得，西班牙国王执意要娶公主，而不让他儿子唐·卡洛斯王子和亲，否则他不签署任何条约。我们的王上只好忍痛割爱，最终同意了；刚才他去向公主宣布了这个决定。我想公主非常难过，无可慰藉。嫁给像西班牙国王那样一个年纪又老、脾气又坏的人，确实不是件痛快事儿。尤其我们这位公主，正当豆蔻年华，花容月貌，一心要嫁给一位虽未谋面、但已倾心的年轻王子。不知道王上是否能完全让她听话，他嘱咐我去劝劝，因为他知道公主喜欢我，并认为我能影响她的思想。接下来，我还要去看望处境截然相反的一个人，去同御妹长公主分享快乐。她同德·萨瓦先生的婚事定下来了。这样年纪的公主，谁的婚姻也没有像她这样美满。宫廷会富丽堂皇，热闹非凡，要超过以往任何时期。您尽管服丧，也得来帮帮我们，让外国客人开开眼，我们这儿的美人儿非同寻常。"

太子妃说罢，便辞别德·克莱芙夫人。次日，公主的婚事就家喻户晓了。后来几天，国王和王后来看望德·克莱芙夫人。德·内穆尔先生万分焦急，等待她回巴黎，渴望单独同她谈谈，特意等待客人纷纷离开、估计不会再有客人的时刻前去拜访。他如愿以偿了，到达时正赶上最后一批客人离去。

天气炎热，这位王妃正卧在床上，看见德·内穆尔先生进来时，脸上不觉泛起红晕，但这丝毫也不减损她的秀美。德·内穆尔先生在她对面坐下，那种敬畏羞怯的神情，正是真正热恋的表现。他待了半晌，一句话也未能讲出来。德·克莱芙夫人也同样窘住了，结果二人沉默了许久。德·内穆尔先生终于开了口，讲了节哀保重的客套话。德·克莱芙夫人乐得就这个话题说下去，讲了好一阵子丧母之痛，并说随着时光的流逝，沉痛虽然会减轻，但是在她身上会留下永远鲜明的印迹，连她的性情都会改变了。

"巨大的悲痛和炽烈的爱情，"德·内穆尔先生接口说道，"都会让人在精神上发生巨大变化。就我而言，自从由佛兰德归来，我真是判若两人。许多人都注意到这种变化，而昨天，太子妃甚至对我谈起这件事。"

"她的确注意到这种变化，"德·克莱芙夫人附和道，"我还有印象，听她说起来过。"

"夫人,她觉察出来倒也好,"德·内穆尔先生接着说道,"不过,我希望不只是她一个人发觉了。有些女子,我们爱上她们却不敢表白,只好通过与她们毫无关系的事情流露出来。纵然不敢向她们表露爱她们,我们至少希望她们能看出我们不接受任何女人的爱。我们希望她们知道世上无论什么身份的美色,也绝不能引我们一顾,世上无论什么王冠,我们也绝不以永远失去她们为代价来换取。"

德·内穆尔先生继续说道:

"女人判断别人对她们的感情,主要看别人是否用心讨她们喜欢,追求她们;按说,只要她们有可爱之处,做到这一点并不困难。而困难的是,不能只顾欢乐而追随她们,应当回避,以免当众流露真情,甚至不向她们本人流露我们对她们的爱意。最能标示一种真挚爱情的,还是我们一反常态,放弃了一生追求的名利和享乐。"

德·克莱芙夫人不难听出话音暗指她本人。她觉得不能容忍,应当回敬几句。她又觉得这话她不该听,也不该表明是对她而言。她认为自己应当讲话,但又认为什么也不应当讲。德·内穆尔先生的这番话,她觉得很爱听,又几乎同样刺耳;太子妃令她联想到的一切，她从这番话中又得到了证实；她觉出话中有殷勤和敬重的成分，但也有大胆而露骨的东西。她对这位王子倾慕，也就难以控制内心的慌乱。讨自己喜欢的一个男子说话再怎么隐晦，也比自己不喜欢的一个男子公开求爱更能搅动人心。于是，她沉默不语。若不是德·克莱芙先生回来，打断了这次谈话和拜访，德·内穆尔先生就会觉察她的默然，也许还会从中得出错误的导向。

德·克莱芙王子前来讲述桑塞尔的消息，然而，他妻子对这件风流韵事的下文没有多大兴趣了，心思全被刚发生的事情占去了，几乎掩饰不住心猿意马的神态。等到能够自由遐想了，她就清楚地认识到，自己错误地以为对德·内穆尔先生完全无所谓了。德·内穆尔先生对她讲的话达到了预期的效果，让她完全确信了他的一片痴情。这位王子言行一致；在这位王妃看来是无可怀疑的了。她本不希望爱上他，现在却不大喜欢这种念头了，只打算永远也不向他有丝毫的表示。做到这一点很难，她已经尝到了苦头；她知道唯一行之有效的办法，就是避而不见这位王子；她孝服在身，有理由比平时少交往，不再去他能见到她的场合。她沉浸在哀痛之中，看来是丧母的缘故，谁也不会寻找别的原因了。

德·内穆尔先生几乎见不到她的面了,心里焦急万分。既然在整个朝廷参加任何聚会、任何娱乐活动都不可能见到她,他也就不想去了。他佯装热衷于打猎,专挑在各位王后那里聚会的日子去打猎。而且,身体略有不适,在很长一段时间内就成为他闭门不出的借口,免得去那些肯定没有德·克莱芙夫人的场所。

几乎在同一时期,德·克莱芙先生患病了。在丈夫生病期间,德·克莱芙夫人总守在他的卧室。后来病情好转,他能接待客人了,当然也包括接待德·内穆尔先生;而德·内穆尔先生借口身体还虚弱,在他的卧室一待就是大半天,弄得德·克莱芙夫人待也不是,走也不是;在他头几次拜访时,德·克莱芙夫人还真没有勇气走开。她很久没有同他见面了,下不了这个狠心不见他。这位王子表面上泛泛而谈,却设法让她明白他去打猎是为了遐想,他不参加聚会是因为她不到场;她自然都听出来了,因为这些话同他先前在她房中讲的话密切相关。

德·克莱芙夫人终于实施自己的决定,等他来拜访的时候,她就离开丈夫的房间;不过,她能这样做,也是勉为其难。德·内穆尔王子看出她在躲避他,心里受到极大的触动。

起初,德·克莱芙先生没有注意到妻子的这种举动,但是后来发觉,他房间有客人来访,妻子就不愿意作陪。他对妻子指出这一点,妻子则回答,每天晚上同朝中最年轻的王公贵族待在一起,她认为不大适当。她请求丈夫允许她改改习惯,过一种深居简出的生活;还说她这样年龄的女子,有妇道和母亲庇护,能做许多事情,而独自一人就难以支撑了。

自不待言,德·克莱芙先生对妻子十分温柔,十分体贴,但是这次他却不依从,说他决不赞成她改变生活方式。妻子本来准备要向丈夫说明,上流社会正传说德·内穆尔先生爱上她了,然而,她却没有勇气点出姓名。此外她还要借虚假的理由,向十分敬重的一位男子隐瞒真相,心里也感到羞愧。

几天之后,在王后那里聚会,国王也到场,大家谈起占星术和预言。这种事该不该相信,分成了两种意见。王后笃信不移,坚持认为那么多事都预言对了,就不能怀疑这门学问有几分准确性;另一些人则主张,极少预言得到验证纯属偶然。

"从前,我对预卜未来很感兴趣,"国王说道,"然而,别人对我讲了那么多假话,那么不可信的东西,结果我确信人根本无法预知未来。几年前,这里来了个人,在占星术方面名气很大;因此,大家趋之若鹜,我也去了,但是没有说明身份,并且让随同前去的德·吉兹先生和德·埃斯卡尔走在前面。不料,那位术士却先同我讲话,就好像他看出我是主人似的。也许他认识我吧;可是,他若真的认识我,就不该对我预言那样一件事了。他预言我将死于一场决斗。接着,他又对德·吉兹先生说,他将被人从背后杀死,对德·埃斯卡尔说他的头要被马蹄子踏碎。德·吉兹先生听了这种预言,几乎要恼火,就好像别人指责他临阵逃跑似的。德·埃斯卡尔将来惨遭不测,当然也不满意。总之,我们从占星术士那里出来,心里都非常不痛快。不知道德·吉兹先生和德·埃斯卡尔会有什么遭遇,但是看样子我不会在决斗中丧命。西班牙国王和我,我们刚刚缔结了和约;即使和谈没有结果,我也不相信双方还会开战,我不会像当年父王那样向查理五世挑战。"

国王讲述了那人向他预言不幸之后,那些支持占星术的人都纷纷放弃自己的观点,转而同意绝不应相信了。

"至于我么,"德·内穆尔先生高声说道,"我是世上最不该相信此道的人。"

他随即转过身,对旁边的德·克莱芙夫人低声说道:

"有人向我预言,我对一位女士怀有最炽烈、最虔敬的爱,并能得到她的垂青而成为幸福的人。您判断一下,夫人,我是否应当相信这种预言?"

太子妃听见德·内穆尔先生高声讲的话,还以为他低声讲述的正是别人作的虚假的预言,便问这位王子他对德·克莱芙夫人说些什么。他若是不那么随机应变,就可能会被突然问住了。然而,他却毫不犹豫地答道:

"我对她说,有人向我预言,我要交上红运,平步青云了,但我实在不敢有这种奢望。"

"如果别人只向您做出这种预言,"太子妃联想到英国那件事,微笑着又说道,"那我就奉劝您不要诋毁占星术,您能找到理由支持占星术的。"

德·克莱芙夫人完全明白太子妃此话所指,不过,她也同样领会德·内穆尔先生所说的红运,并不是当上英国国王。

由于母亲去世已有一段时间了,德·克莱芙夫人就该在社交场合露面了,恢复以往的习惯参加宫廷活动。她在太子妃府上能见到德·内穆尔先生，在自家府邸也能见到：德·内穆尔先生经常去拜访德·克莱芙先生，但是总约几位年龄相仿的世家子弟，以免惹人注意。可是，德·克莱芙夫人每次见到他，心里总有点慌乱，这一点他不难看出来。

德·克莱芙夫人尽量避开他的目光，也尽量少同他讲话，但总不免自然流露出某种神色，而这位王子便看出，她对自己并不是无动于衷的。当然，换个不这么敏锐洞察的人，也许就视而不见了；可是，他已经得到过那么多女人的爱，再有谁爱他，自然很难逃过他的眼睛。他完全清楚，德·吉兹骑士是他的情敌；骑士也知道德·内穆尔先生是自己的情敌。在朝廷里，德·内穆尔先生是唯一能辨明真相的人，这也是利益使然，他必须比别人看得更清楚些。他们二人彼此了解这种感情，因此在任何事情上都产生敌对情绪，都处于对立面，只是没有发生公开争执罢了。无论是在夺环赛跑、格斗、障碍赛跑，还是在有国王参加的各种娱乐活动中，他们二人总是分到不同的队组，而且竞争十分激烈，已经无法掩饰了。

英国这桩婚事，经常浮现在德·克莱芙夫人的脑海：她认为有国王劝导和德·利涅罗勒先生的坚持，德·内穆尔先生根本顶不住。始终不见德·利涅罗勒回国，她心里很难受，等得十分焦急。她若是凭着情绪的冲动，就会详细打听这件事进展的情况；然而，激发她的好奇心的感情，又迫使她掩饰这种好奇心，她仅仅询问伊丽莎白女王的美貌、才智和性情。有人将女王的一幅肖像画拿到王宫，德·克莱芙夫人认为比她所期望的要美，她还忍不住说肖像有点美化了。

"我看不见得，"在场的太子妃接口说道，"那位公主以才貌出众而著称。我就知道，有人建议我应当终生以她为楷模。她长得若是像她母亲安娜·德·布伦那样，就肯定是个可爱的人儿。容貌又美，性情又好，从未见过像她那样富有魅力和情趣的人。我听说她的脸型挺独特，有一种灵妙的神气，一点儿也不像英国的那些美人儿。"

"我仿佛听说，她出生在法国。"德·克莱芙夫人又说道。

"这样以为的人，都误听误信了，"太子妃答道，"她的身世，我简略地谈一谈吧。"

"她是英国名门世家闺秀。亨利八世曾爱上她姐姐和她母亲，甚至有人怀疑她是亨利八世的女儿。亨利七世的妹妹嫁给路易十二国王，她母亲就陪同前来法国。亨利七世的妹妹当年又年轻又风流,在丈夫去世后,要离开法国宫廷还恋恋不舍;而安娜·德·布伦同她的主人一样迷恋法国宫廷,下不了决心离开。先王爱上了她,让她当了克洛德王后的侍从。王后仙逝之后,国王的妹妹、德·阿朗松公爵夫人,也就是后来成为纳瓦尔王后的玛格丽特公主,又把她留在身边,而公主的那段经历您是知道的。安娜·德·布伦跟随公主,也就受了新教的影响。后来,她返回英国,受到所有人的喜爱;她那种法兰西式的举止风度,能取悦各种圈子的人;她的歌喉动听,舞姿曼妙,被人当成是卡特琳·德·阿拉贡王后的女儿,而亨利八世国王狂热地爱上了她。

"国王的亲信大臣伍尔塞红衣主教,早就觊觎教皇的宝座;德意志皇帝对此不满,不支持他这种图谋。红衣主教便决意报复,怂恿他的君主与法国结盟。他往亨利八世的头脑里灌输,说英王与皇帝的姑母的婚约根本不算数,建议他娶刚刚丧夫的德·阿朗松公爵夫人。安娜·德·布伦雄心勃勃,想登上王后的宝座,将这次解除婚约看成是为她铺平了道路。她开始向英国国王施加路德教派的影响,说服先王在罗马支持亨利八世离婚,并期望他同德·阿朗松夫人结婚。德·伍尔塞以别种借口出使法国斡旋此事；然而，他的君主意下未决，还不能容忍别人提出这一建议，于是一道谕旨下到加来城，命他绝口不提这件婚事。

"伍尔塞红衣主教从法国返回，受到接待之隆重，就像迎接国王本人那样；规格之高，也是任何宠臣所未得过的，极大地满足了他的虚荣心和自豪感。经他的安排，两位国王在布洛涅①会晤了。弗朗索瓦一世伸过手去，亨利八世却根本不愿意接住。他们彼此还礼款待，那排场非同寻常，互赠的服装非常合身，就好像为自己定做的。我还记得听人说过，先王赠给英国国王的服装，是鲜红锦缎的，缀饰着三角形排列的珍珠和钻石，而另外那件袍子是白色天鹅绒上绣了金线。两位国君在布洛涅待了数日，接着又一同前往加来；安娜·德·布伦住在亨利八世那里，起居俨如王后；弗朗索瓦一世也给她与王后等同的礼品，与王后等同的礼遇。经过九年的热恋，亨利八世终于纳她为后，但是他向罗马申请多年，还是没有同原配夫人解除婚约。教皇匆忙对亨利宣判，而亨利怒不可遏，干脆宣布自己是宗教领袖，把全英国拖进您所见到的那场不

---

①巴黎西部的王家园林。

幸的变革中。

"安娜·德·布伦作为王后之尊，并没有享受多久。自从卡特琳·德·阿拉贡仙逝之后，她自以为地位更加稳固了，有一天，她同满朝的人参加御弟德·罗什福尔子爵举办的夺环赛跑，国王在一旁观看，不觉妒火中烧，突然拂袖而去，回到伦敦，便下令逮捕王后、德·罗什福尔子爵，以及好几名他所认为的王后的情夫和心腹。这种嫉妒看似一时发作，其实早就由德·罗什福尔子爵夫人挑起来了：子爵夫人无法容忍她丈夫同王后的密切关系，就让国王相信那是一种罪恶的友谊。国王已爱上贞妮·西穆尔，正想摆脱安娜·德·布伦，没用三周时间，他就让人审判了王后和御弟，将二人砍了头，并娶了贞妮·西穆尔。后来，他又相继娶了几位妻子，相继摒弃或处死，其中卡特琳·雷华德，就是德·罗什福尔子爵夫人的心腹，二人一起掉了脑袋。子爵夫人给安娜·德·布伦安上罪名，自己也以同样的罪名受到惩罚。后来，亨利八世发福得厉害，胖得出奇，也很快去世了。"

所有在场的贵妇，都感谢太子妃详尽地介绍了英国的宫闱秘事。德·克莱芙夫人还禁不住问了好几个关于伊丽莎白女王的问题。

太子妃让人给朝中所有美妇画了小幅肖像画,要送给她母亲、苏格兰女王。德·克莱芙夫人的画像要完成的那天,太子妃于午后去她府上瞧瞧。德·内穆尔先生自然也作陪,他不失任何能同德·克莱芙夫人见面的机会,但又不显得刻意追求。这天,德·克莱芙夫人美极了,假如他从前没有爱上她,这次他也会一见钟情的。不过,在画师给她画像时,他不敢总盯着看她,怕让人明显瞧出他多么喜欢注视她。

太子妃请德·克莱芙先生拿来他夫人的一幅小画像,用以比较刚完工的肖像画。在场的人各抒己见。德·克莱芙夫人吩咐画师,给原来那幅肖像的发式修饰两笔。画师遵命,从盒子里取出肖像,加工完了,就随手放回桌子上了。

德·内穆尔先生早就渴望得到一张德·克莱芙夫人的肖像,他看见德·克莱芙先生所拥有的这幅,简直按捺不住,要从他认为被妻子深情爱着的丈夫手中偷走,心想在场的人很多,他也不会比别人引起更多的怀疑。

太子妃坐在床上,低声同德·克莱芙夫人说话,而德·克莱芙夫人站在对面,从半拉起的帷幔缝中,瞧见德·内穆尔先生背靠着摆在床脚的桌子,只见他没有回头,灵巧地从桌上拿了什么东西,而且她不难猜出他拿的是她的画像,一时不禁心慌意乱。太子妃发现她神不守舍,便高声问她在看什么。德·内穆尔先生听到这句问话,转过身来,同德·克莱芙夫人注视他的目光相遇了,心想她可能窥见他刚才的动作。

德·克莱芙夫人十分尴尬。照理她应当索回她的画像,然而当众索取吧,就等于将这位王子对她的感情公之于众;私下索取吧,又等于向他提供表白爱情的机会。想来想去,她还是认为把画像留给他为好,她乐得给他这一恩惠,但又不让他知道是她愿意给的。德·内穆尔先生注意到她的窘态,差不多也能猜出其原因,便走到近前,低声对她说道:

"我斗胆所做的事情,您若是瞧见了,那就行行好,夫人,就让我以为您不知道;我不敢再有奢求。"

说罢,他不等回答,就抽身离去。

太子妃由所有贵妇陪同,出去散步。这工夫,德·内穆尔先生回到府上,进屋锁上房门,只怕得了一幅德·克莱芙夫人的画像,在人面前掩饰不住而喜形于色。他感受到了爱情所产生的全部快感,他爱上了朝中最可爱的女子,还让对方不由自主地动了情;从她的一举一动看出,爱情在青春的纯洁心灵中所引起的怵动和尴尬。

晚上，府上人特别细心地寻找那幅画像，既然放画像的盒子还在，大家就以为画像掉在什么地方，绝想不到会被偷走。德·克莱芙先生为此伤心，又徒然寻找了一阵之后，便对他妻子说，她也许暗中有个情夫，画像给了那人，或被那人偷走；换个别人，对没有盒子的一幅画像是不会感兴趣的。不过，他讲这话的神态却显示，他不相信会有这种事。

这些话虽然是笑着讲的，却给德·克莱芙夫人留下强烈印象，使她产生内疚之感。她想到自己对德·内穆尔先生的倾慕已很强烈，觉得控制不住自己的语言和表情了。尤其利涅罗勒已经回国，她再也不必担心英国那桩婚姻，对太子妃的疑虑也打消了，总之，再也找不到什么保护了，对她来说，只有远远避开才能确保无事。然而，她身不由己，躲避谈何容易。现在处境堪忧，随时都可能遭遇她认为最大的不幸，即让德·内穆尔先生看出她对他的倾慕。她还记得德·沙特尔夫人临终对她讲的那番话，以及对她的种种告诫，要她不管多难也当机立断，绝不能卷入风流韵事中。她又想起德·克莱芙先生谈论德·图尔农夫人时，关于坦诚的那番话，于是觉得自己应当向丈夫承认她对德·内穆尔先生的爱慕。这个念头在心间萦绕很久,后来她又十分惊讶,自己何以产生这种念头,觉得实在荒唐,结果还是进退维谷,不知怎么办才好。

和约终于签订了。伊丽莎白公主极其勉强地遵从父王之命。德·阿尔伯公爵作为使臣即将到达,以天主教国王①的名义前去迎娶公主。法国这方面,也等待德·萨瓦公爵来迎娶御妹长公主。这两件喜事将同期举办。法国国王一心要把婚礼办得热闹非凡,组织各种娱乐活动,以显示法国朝廷的逍遥和排场。有人提议组织大型活动,如舞会和演戏,但是国王认为这类娱乐个人色彩太浓,希望组织最为宏伟壮观的活动。他决定搞一次大比武,外国人也可以参加,平民百姓都能观赏。所有王公贵少都热烈赞同国王的安排;尤其德·费拉尔公爵、德·吉兹先生和德·内穆尔先生都身怀绝技,在这类竞赛中武艺超群。国王选中他们,和他们一同组成擂台四骑士。

王国各地都张贴公告,宣布六月十五日在巴黎大摆擂台,擂台主为虔诚基督徒国王陛下和诸位王公:阿尔封斯·德·埃斯特、德·费拉尔公爵、弗朗索

---

①指西班牙国王。

瓦·德·洛林、德·吉兹公爵、雅克·德·萨瓦和德·内穆尔公爵。他们向所有前来比武的人应战。第一项是马上比武,分为两场:一场四个回合长枪对刺,一场为女宾表演。第二项比剑,单打或双打,要由擂台主决定。第三项步下比武:投三次标枪与六个回合击剑。擂台骑士提供的长枪、剑和标枪,任由打擂者挑选;比武时如果袭击坐骑,就得退出比武;要由擂台四骑士发布命令,打擂者武艺最高、表现最佳的人会得到奖金,金额由裁判官确定。所有打擂者,不论是法国人还是外国人,都必须去栅栏尽头,触摸一块或几块悬挂在台阶上的盾牌,触摸几块自定,那里有一名军官接待,按照身份和盾牌给他们登记。在大比武前三天,打擂者的盾牌和武器必须由一名贵族拿来,将盾牌挂到台阶上,否则,没有擂台骑士的特许,就不能参加比武。

高大的栅栏从图奈勒城堡运来,安装在巴士底附近,沿圣安托万街,一直连到王宫马厩。赛场两侧搭起木看台,设有阶梯座位,还有带顶盖的包厢,形成长廊,十分壮观,能容纳无数观众。

所有王公贵族都无暇他顾,忙于定做必备的装束,以便到比武场上炫耀;此外还在他们的缩写姓氏和徽章题名中，加上向心爱的女子传情的标志。

在德·阿尔伯公爵到达前不久，国王同德·内穆尔先生、德·吉兹骑士、德·沙特尔主教代理打了一场网球。王后带着朝中贵妇观赏，其中也有德·克莱芙夫人。打完网球，众人走出网球场。这工夫，夏斯特拉尔走到太子妃跟前，对她说他偶然拾到一封情书，是从德·内穆尔先生的兜里掉出来的。有关这位王子的事儿，太子妃都十分好奇，便让夏斯特拉尔把信交给她。她接过来信，就跟王后还有她的婆母一起，随同国王去观看安装栅栏。观看了一会儿，国王吩咐将不久前赶到的马匹牵出来。这些马虽然尚未驯服，他也要骑一骑，并且分给所有的随从。国王和德·内穆尔先生骑上最烈的两匹马，而这两匹马要相互冲撞。德·内穆尔先生怕伤着国王，猛地勒马后退，不料撞到跑马场的柱子上，撞得很重，他在马上坐不稳，摔了下去。大家跑过去，以为他受了重伤。比起别人来，德·克莱芙夫人估计他伤得还要重。她对此十分关切，流露出了震悚和惊慌之色，都顾不上掩饰了。她同王后、太子妃诸人走过去。她脸色大变，不必说德·吉兹骑士，就连关系远一点的人也能看出来；因此，德·吉兹骑士不难注意到这种变化，他主要关注的，不是德·内穆尔的伤势，而是德·克莱芙夫人的神色。德·内穆尔公爵这次撞得不轻，一时头晕目眩，脑袋歪在扶他的人身上，过了半晌才抬起头来，头一眼就望见德·克莱芙夫人，从她脸色看出她对自己的怜惜之情；同样，他望她时的那种表情，也能让她看出他多么深受感动。接着，他感谢王后和太子妃的关心，并为在她们面前失态而道歉。国王吩咐他回去休息。

德·克莱芙夫人惊魂稍定，立刻考虑她刚才的仪态，但愿无人觉察；但是，德·吉兹骑士很快就打破她这种希望，他让她挽着手，一道走出跑马场，边走边对她说道：

"夫人，我比德·内穆尔先生更值得怜悯，我对您一直由衷地敬重，如果有冒犯之处，如果我刚才看到的情景所感到的痛苦向您表露出来，还请您原谅。我这样大胆对您讲话，既是头一次，也将是最后一次。死亡，至少是永远离开我再也不能生存的地方，因为，我原以为所有敢于注视您的人都像我一样不幸，现在连这点可怜的安慰都丧失了。"

德·克莱芙夫人说了几句，但是答非所问，就好像她没有听明白德·吉兹骑士话的含义似的。换个时候，听他这样向自己表白感情，她准会感到气愤；可是在此刻,看到德·吉兹骑士发现了她对德·内穆尔先生的感情,她只感到一阵伤心。德·吉兹骑士对此深信不疑,他不禁肝肠寸断,从这天起横下一条心,永远不再考虑追求德·克莱芙夫人了。然而,这种追求,在他看来本来十分艰巨又十分荣耀,一旦放弃,就必须有一种壮举来替代,占据他的整个身心。他想去夺取罗得岛①,而且他早有此念,只可惜他英年早逝,但已赢得了当代最伟大的王子的美名。临终唯一的遗憾,就是未能实施这一出色的计划:他已做了周密的安排,确信能一举成功。

德·克莱芙夫人从跑马场出来,又去见王后,而心里还一直想着刚发生的事件。时过不久,德·内穆尔先生也到了,他换上一身华服,仿佛根本不在乎刚才骑马的事故,倒显得比平时更快活,只因他以为看见了渴望的东西,便喜形于色,越发满面春风了。他走进去时,大家都十分惊讶,纷纷询问他的状况,唯独德·克莱芙夫人仍待在壁炉旁边,佯装没有看见他。这时,国王从一间书房出来,看见德·内穆尔先生在众人堆里,便招呼他过去,谈谈他的意外事件。

①希腊的一个岛屿。

德·内穆尔先生从德·克莱芙夫人面前走过时，低声对她说道：

"今天，我领受了您怜悯的表示；然而，这并不是我最应当得到的感情。"

德·克莱芙夫人早已料到，这位王子发现了她见他出事时的反应，而他这句话也让她明白她没有估计错。她这样一想，心里痛苦极了：自己竟然掩饰不住内心的情感，在德·吉兹骑士面前流露出来。还有，德·内穆尔先生也领悟了这种情感，她同样感到很痛苦；不过，这后一种不是单纯的痛苦，其中还掺杂着几分柔情。

太子妃急不可待，想知道夏斯特拉尔交给她的信的内容，她走到德·克莱芙夫人面前：

"您看看这封信吧，"太子妃对她说，"信是给德·内穆尔先生的；从种种迹象来看，写信人是他的一个情妇，正是为了她，他离开了所有的情妇。现在您若是不便看信，那就拿着，等晚上在我就寝前再送还给我，告诉我您是否认出是谁的笔迹。"

太子妃说完这番话就离开了，而德·克莱芙夫人万分惊讶和紧张，半晌未能挪动位置。她的心情又焦急又慌乱，在王后宫室里待不下去了，虽然还未到她通常告退的时间，但她还是离宫回府了。她拿着信的手都发抖，思想一片混乱，根本理不出头绪来，只觉得痛苦不堪，从来没有这种体验和感受。她一走进书房，就打开信，看到如下内容：

我过分爱您，就不愿意让您以为，您在我身上所看到的变化是我轻浮的表现。我要告诉您，您的不忠才是我变化的起因。说您不忠，您一定深感意外。这一点，您千方百计地向我隐瞒，我也费尽心思向您隐瞒我已了解的真相；因此，您一得知我了解了情况，自然会感到奇怪。我本人也很吃惊，在您面前竟未露出丝毫破绽。任何痛苦也不能与我的痛苦相比拟。我原本相信，您对我怀着炽烈的爱，我也不再向您掩饰我对您的爱，然而，就在我向您完全表露出来的时候，我却得知您欺骗了我，您爱着另外一个女人，显然您为了这个新的情妇而牺牲了我。在夺环赛跑的那天，我全然明白了，因此我没有前去观看，佯装生病，以掩饰我思想的纷乱；不过，我还真的病倒了，我的身体承受不了这样猛烈的冲击。我的病情即使开始好转了，我还是装作病得很重，以此为借口,既不见您,也不给您写信。我需要时间拿个主意,看看对您采取什么态度;我做了决定又放弃,如此反复了不知多少次,最终我认为您不配瞧见我的痛苦,决心不让您看出一丝一毫。我故意伤害您的自尊心,让您看到我的爱自行淡薄了。我想通过这种办法,减少您牺牲这份爱让我付出的代价,不愿意让您炫耀我多么爱您,得意扬扬地抬高自己的身份。我决定给您写不冷不热、不痛不痒的信,您拿给那个女人看,也让她明白我不再爱您了。我不愿意让她了解我知道她战胜了我,也不愿意让她以我的绝望和谴责去扩大战果。我考虑到,断绝关系对您还不算什么惩罚,在您不再爱我的时候,我若是不爱您了,也只能给您造成轻微的痛苦。我觉得必须让您爱我,才能让您体会到我饱尝的失恋的惨痛。我相信,假如有什么东西能重新点燃您曾对我有过的爱情之火,那也就是让您看到我变了心,既让您看出来,又佯装向您隐瞒,就仿佛我没有勇气承认似的。我采取了这一决定,然而实行起来却很难,一重新见到您,就觉得不忍心做了!不知有多少回,我真想发泄、痛哭和责备一通;当时身体还不大好,有利于向您掩饰我慌乱和忧伤的心情。我向您隐瞒，如同您向我隐瞒一样，从中得到乐趣，也就坚持下来了；然而，我当面对您说，或者在信上写我爱您，都做得极其勉强，不久您就看出我的感情变了，效果比我预想的快得多。您的自尊心受到了伤害，于是您抱怨起来。我试图安慰您，但是显得十分勉强，使您越发确信我不爱您了。总之，我所做的一切全是有预谋的。您的心也真怪，您越看出我疏远您，就越向我靠拢。我得到了报复所带来的全部乐趣。我觉得您从来没有像这样爱过我，而我却让您看出，我不再爱您了。我有理由相信，您完全抛弃了您曾为她而离开我的那个女人；我也有理由确信，您从来没有向她提起过我。不过，您的回心转意和审慎态度，也未能弥补您的轻率。您的心由我和另一个女人分享，您欺骗了我，这就足以打消我得到您的爱的欣悦；而我原本相信我值得您爱，这也足以使我下了决心：再也不见您，就让您万分惊诧去吧。

德·克莱芙夫人看完信，又反复看了几遍，但始终不知道自己读的是什么，只看明白德·内穆尔先生并不像她想象的那样爱她,他还爱别的女人,也像欺骗她一样欺骗了她们。她这样性情的女子,怀着一种炽烈的情爱,刚刚向她认为不值得爱的一个男人示爱,又为了对这男人的爱而冷落了另一个男人。现在她看到这种信,了解了这种真相,该有多么痛苦啊!从来没有如此惨苦而剧烈的痛心,她觉得这是今天所发生的事件引起的,如果德·内穆尔先生以为她爱他是毫无根据的,那么她也绝不会去关心他爱上另一个女人。然而,她这是自己误解了;她觉得极难容忍的这种痛苦,其实就是嫉妒,以及伴随嫉妒的深恶痛绝。她从这封信看出,德·内穆尔先生早就有这种风流韵事了。她认为写这封信的女子德才兼备,是值得爱的;她觉得这女子比她勇气大,也羡慕这女子向德·内穆尔先生掩饰感情的魄力。她从信的结尾看出这女子自以为得到他的爱,便联想道,这位王子表现出来并深深打动她的谨慎态度,也许仅仅是他怕得罪这女子,是对这女子痴情的表现。总之,她想的全是可能增添她的痛苦和绝望的情况。她多么需要反躬自省啊!她多么需要仔细考虑母亲对她的告诫啊!她多么后悔,自己本该不顾丈夫的劝说,坚持脱离社交界,本该遵照自己的想法,向丈夫承认自己对德·内穆尔先生的倾慕!

她觉得自己的这种感情,宁可告诉丈夫,也不能让另一个男人看出来:她了解丈夫心地善良,会用心保守秘密的;而另外那个男人欺骗她,不配她这种感情,也许会把她当作牺牲品,只为傲慢和虚荣才求得她的爱。总而言之,她觉得可能降临的所有灾难、可能面临的各种绝境,都比不上让德·内穆尔先生看出她爱他,同时她又知道他爱另一个女人。至少她还有一种想法可以自慰:了解真相之后,她无须再为自己担心了,自己完全能从对这位王子的倾慕中摆脱出来。

她已将太子妃吩咐的话置于脑后,睡觉前没有去见面,而是径自上床,装作身体不舒服,以便等德·克莱芙先生从国王那里回府时,仆人就告诉他夫人睡觉了。然而,她远远没有进入梦乡的宁静心情,一夜没做别的,只是痛心疾首,反复读手中的这封信。

被这封信搅得不安宁的,不只是德·克莱芙夫人。丢失此信的是德·沙特尔主教代理,而不是德·内穆尔先生,他陷入极度不安之中。事情是这样的,整个晚上,他是在德·吉兹府上度过的:德·吉兹先生设丰盛的晚宴,招待他的姐夫德·费拉尔公爵,以及朝中所有年轻贵族;席间,大家偶然谈起美妙的情书。德·沙特尔主教代理说他身上就带着一封,肯定美妙绝伦，超过历代所有的情书。大家催促他亮出来，他却执意不肯。德·内穆尔先生断定他根本没有，只是想吹嘘。主教代理回答说，这是硬逼他泄露秘密，但是他不会展示信件，只念念几个片段，就能让人判断出，极少的男人能收到这样的情书。说着他就要取出信，不料信不见了，找了半响也是徒然，招来众人的攻击；然而，看样子他确实非常不安，大家也就不说了。他比别人先离开一步，焦急地赶回府邸，看看不见的信是否丢在家里。他还在寻找的时候，王后的第一贴身仆人来告诉他，德·于泽子爵夫人认为有必要赶紧通知他，在王后宫里有人说，他打网球时，口袋里掉出情书，有人讲述了情书中的大部分内容；王后很想看看这封信，便派人向一名贵族侍从索取，但是那位贵族侍从回答说，他交给了夏斯特拉尔。

第一贴身仆人还谈了许多别的事，主教代理听到最后，简直六神无主了。他当即出门去找这位贵族侍从——夏斯特拉尔的密友。虽然极不是时候，他还是让人把这位侍从叫起来，请他去讨回这封信，但是未说是谁丢失，又是谁索取此信。夏斯特拉尔已先入为主，认定是德·内穆尔先生的信，而这位王子爱上了太子妃，他也就毫不怀疑是德·内穆尔先生追索失信。

于是，他带着狡黠而快活的神情，回答说他把信交到太子妃的手中了。这位贵族侍从就是这样回答德·沙特尔主教代理的。得到这种回答，主教代理越发不安，更添新的忧愁；究竟该怎么办，他思索再三，也拿不定主意，最后认为，唯有德·内穆尔先生能帮他摆脱困境。

主教代理便去德·内穆尔先生府上，走进房间时，天刚刚放亮。这位王子睡得正香，昨天他见到德·克莱芙夫人的那种反应，只能使他产生愉悦的念头。他忽然被主教代理叫醒，非常意外，不禁问主教代理，前来打扰他休息，是不是要报复晚宴上他所讲的话。主教代理一脸凝重，让他明白是为要事而来的。

"我来是要向您透露我一生最重要的事情，"主教代理说道，"我完全明白，我需要您的帮助，而您却没有义务非帮助我不可；我也完全明白，若不是情况所迫，我把事情全告诉您，您听后就可能丧失对我的敬重。昨天晚上我提起的那封信丢失了，不能让人知道信是写给我的，否则后果不堪设想。昨天，信掉在网球场上，不少人看到了。您也在场，求您行行好，就说信是您丢失的。"

"您必定认为我根本没有情妇吧，"德·内穆尔先生微微一笑，接口说道，"因此向我提出这种建议，照您的想象，我让人相信收到这种信，不会同任何人闹翻吧。"

"求求您，"主教代理又说道，"认真听我讲。假如您有一位情妇，这一点我毫不怀疑，尽管我不知道是谁，您也容易为自己辩解，我向您提供万无一失的办法；即使您在她面前不好辩解，两人闹翻了也是暂时的。然而这件意外对我就严重了，能毁了一位深深爱过我的最值得敬重的上流社会女子的名誉；此外，我还会招来一种不共戴天的仇恨，不但断送我的前程，还可能有更惨重的损失。"

"我还不能完全理解您对我说的这番话，"德·内穆尔先生回答，"不过倒隐约看出，传说一位极有身份的王妃对您有意，不完全是捕风捉影了。"

"不完全是捕风捉影，"主教代理接着说道，"若是捕风捉影，那就谢天谢地，我也不会陷入现在这种窘境了；看来，我必须向您讲述事情的全部经过，才能让您明白我担心什么。"

"自从我入朝供职，王后对我始终优礼有加，我有理由相信她对我的一片善意，但是还没有一点私情。我对她除了尊敬，从未想过有别种感情。我甚至深深爱上德·特米娜夫人；看见她的人就不难判断，谁得到她的爱，也准会非常爱她，而我就是得到她的爱的人。大概两年前，当时朝廷还在枫丹白露，有那么两三回，在没有什么人的时候，王后同我谈过话。我觉得她挺喜欢我的机智，我说什么她都认真听取。有一天，我们谈到信任，我说世上还没有一个我能完全信赖的人，人总为过分信赖而后悔，我就了解许多情况，但从未提起过。王后对我说，因为这一点，她更加敬重我了，在全法国她就没有找到一个守住秘密的人，这是最为尴尬的事，只因这剥夺了她向人推心置腹的情趣；生活中有个能谈心的人，尤其对她这样地位的人来说，也是必不可少的。后来几天，她又多次谈起这个话题，还告诉我当时发生的一些秘事。总之，我觉出她希望我能严守秘密，并渴望将她的秘密告诉我。这种念头把我同她拉近了；得到她这种特殊待遇，我深受感动，就比以往更加向她献殷勤了。一天傍晚，国王同所有朝廷贵妇骑马到林中散步去了，王后身体有点不适，不愿意随同前往，我就伴随在她身边。她走到池塘边，离开侍从的陪伴，要随便走走。她转了几圈之后，便凑到我跟前，吩咐我跟随她。

"'我要同您谈谈，'她对我说，'您通过我要对您

讲的话，会明白我是您的朋友。'

"她说完这句话，就停下脚步，定睛注视我，接着说道：

"'您爱上了什么人，也许您没有向任何人透露，就以为您的爱情不为外人所知，其实外人知道，甚至与此相关的人都知道了。有人在监视您，了解您和情妇幽会的地点，他们甚至要当场抓获。我不晓得那女子是谁，我也绝不会问您，只想保您安全，别遭遇不幸。'

"请您看看吧，王后为我设下了什么陷阱，想不掉进去又该有多难。她要了解我是否在恋爱，又绝口不问我爱上谁，仅仅让我明白，她唯一的意图就是讨我高兴，不让我产生她这样是出于好奇或别有用心的想法。

"然而，透过各种表面现象，我辨清了真相：我爱上了德·特米娜夫人；不过，尽管她也爱我，我却没有运气找到同她私会的地方，而且也怕被人捉住。因此我可以断定，王后所指的不会是她。我也知道，我还同一个女人私通，她不如德·特米娜夫人那样美丽和端庄，我同她约会的地点，也不是没有可能被人发现。其实，我并不怎么把她放在心上，干脆不同她见面，也就避开了一切风险。因此，我心下决定什么也不向王后承认，相反还要让她相信，有很长时间我放弃求爱的欲望了，因为我觉得，几乎所有女人都不配一个体面男人的爱恋，唯有远远超越她们的某种品质，才能令我倾心。

"'您的回答并不坦率,'王后反驳道,'据我所知，情况与您讲的恰恰相反。我以这种态度同您讲话，就是敦促您丝毫也不要对我隐瞒。我希望您成为我的朋友,'她接着说道,'但是，我给您这个位置，却不愿意对您的爱恋一无所知。您瞧着办吧，您若想得到这个位置，代价就是把您感情的事儿告诉我。给您两天时间考虑，两天后，您可得想清楚了对我怎么说，要记住，等以后，我发现您骗了我，这一生都不会宽恕您。'

"王后说完这番话，未容我回答就走开了。您想象得出来，我满脑子都是她对我讲的话。她给我两天考虑的时间，我倒觉得用来做决策并不算太长。我明白她要了解我是否爱上什么人，而她并不希望我在恋爱。我也明白自己采取的决定会有什么后果，可是，同一位王后，同一位特别可爱的王后建立特殊关系，我的虚荣心会得到不小的满足。另一方面，我又爱德·特米娜夫人,尽管我对您提过跟另一个女人有关系,对德·特米娜夫人有点不忠,但也发不了狠心同她断绝关系。我也同样明白,欺骗王后会面临什么危险,而且要骗过她又是何等困难。然而,我总不能白白拒绝命运向我提供的机会,便抱着侥幸心理,不考虑我的不端行为会给我带来什么恶果。我同那女人来往可能被发现,于是和她断绝关系,但是我希望隐瞒和德·特米娜夫人的关系。

"王后给我的两天期限到了,我走进王后的宫室,只见所有贵妇都聚在那里,王后提高声音,以令我惊讶的凝重神情对我说:

"'我委托您办的事儿,您想过没有,是否了解事实啦?'

"'是的,陛下,'我答道,'事情正如我对您讲的那样。'

"'今晚我写信的时候,请您来一下,'王后接口道,'我还有一点吩咐,就了结这件事儿。'

"我没有回答,只是深鞠一躬,自然按照她指定的时间入宫。我在游廊见到她,秘书和一名侍女在她身边。她一望见我,就走过来,把我引到游廊的另一端。

"'怎么样,'王后对我说,'您是经过深思熟虑,

才什么也没有对我讲的吗?我对您这种态度,难道不值得您对我坦率讲话吗?'

"'正因为我对您讲话坦率,才什么也没有对您讲的,王后陛下,'我回答道,'我怀着全部敬意向陛下发誓,我同朝中的任何贵妇都没有私情。'

"'我愿意相信,'王后又说道,'因为我希望这是真的;而我希望如此,就是想要您完全依恋我;假如您另有所爱,我就不可能满足于您的友谊。正在恋爱的人不可信赖,也不能确保严守秘密。他们太马虎,分心的事儿太多,他们的心思首先用在情妇身上,这同我要求您依恋我的方式绝不相容。不要忘记,我是根据您向我保证没有任何感情纠葛,才选择您作为我的知心人。不要忘记,我也要您对我完全信赖,而且,无论您的男友还是女友,都得是讨我喜欢的人,您本人除了讨我欢心之外,不要再操心任何别的事儿。我不会让您放弃前程,而是给您更有效地指引。只要我觉得您正合乎我的希望,那么我无论为您做什么,都认为得到了极好的报偿。我选中您来倾诉我所有的伤心事,来帮我排忧解愁。您能判断出来,我的忧伤还不轻呢。从表面上看,我不十分难受,容忍了国王对德·瓦朗蒂努瓦公爵夫人的爱恋,其实,这是我无法忍受的。她控制并欺骗国王，还鄙视我，我的人全听她的。女王太子妃，我的儿媳，因其美貌和几个叔父的威望而得意，对我不尽一点孝道。蒙莫朗西大总管是国王和王国的主人，他恨我，对我表现的仇恨是我忘不掉的。圣安德烈元帅，是个放肆的年轻宠臣，他对我并不比对别人好些。我的种种不幸，细说起来会引起您的同情；时至今日，我还未敢信赖任何人，现在我信赖您；您可别让我后悔，要做唯一能安慰我的人。'

"王后说完这番话，眼睛发红了；我真想扑到她的脚下，她对我表现出来的善意深深地打动了我。从那天起，她完全信任我了，无论做什么事都告诉我，而我保持了一种还在延续的关系……"

第三章

"然而，我同王后建立的这种新关系，不管如何占据了我的心思和精力，我对德·特米娜夫人仍有一种无法克制的自然的倾慕。我觉得她不再爱我了，我若是明智一点儿，利用她感情的变化，就能把自己医好了；可是，我非但没有这样做，爱情反而倍增，行为极不检点，连王后都有所觉察了。嫉妒是她那民族的天性①，也许这位公主对我的感情，比她本人想的还要强烈。总而言之，我的绯闻传到她耳中，引起她极大的不安和伤感，不知道有多少回我看情况不妙，要丧失我在她身边的地位。我极力赔着小心，处处驯顺，发了多少虚假的誓言，才终于让她放下心来。假如德·特米娜夫人不是变心，迫使我同她分手，我蒙骗王后不会维持多久的。德·特米娜夫人让我明白，她

---

① 亨利二世的妻子卡特琳·德·梅迪契是意大利公主。

不爱我了，我也确信了这一点，就只好让她安静，不再去纠缠了。过了不久，她就给我写了那封信，却让我丢失了。我从她信上得知，她早就了解我同另一个我向您提过的女人有来往，这是导致她感情转变的原因。由于我在感情上再也没有什么可分心的了，王后对我也就相当满意了。然而，我对她的感情，不是令我排斥爱恋别人的那种性质，况且爱也不是凭意愿产生的，接着，我又爱上了德·马尔蒂格夫人，她是先王太子妃的女儿，她还是维尔蒙泰小姐时，就令我深为倾慕了。我也有理由相信，她并不憎恨我；我对她表现出的谨慎的态度，其中缘故她虽不尽知，却很合乎她的心意。王后丝毫没有往她身上猜疑，但另起疑心，而且事情同样很麻烦。由于德·马尔蒂格夫人经常去太子妃府上，我也就比以往去得勤些。王后还以为我爱上了太子妃。女王太子妃的身份同她不相上下，但是比她年轻和美丽，这就不免引起她的嫉妒，还嫉妒到了极点，几乎难以掩饰，发展到对她儿媳深恶痛绝的地步。洛林红衣主教借口调解太子妃和王后的关系，介入了她们的纷争；我早就看出他想博得王后的宠信，显然渴望占据我在王后身边的位置。毫无疑问，他已经了解王后恼怒的真正原因，想必他在王后面前说尽了我的坏话，又不显得是故意诋毁。

"这就是我的处境，我对您说话时的处境。您判断一下，我丢失的那封信会产生什么后果。当时我把信放在口袋里，原想还给德·特米娜夫人，却发生这样的不幸。万一王后看到这封信，知道我骗了她，知道我为德·特米娜夫人欺骗她的同时，又为另一个女人欺骗德·特米娜夫人，您想想她会对我产生什么看法，她还能相信我的话了吗？如果她没有看到那封信，我又该对她怎么说呢？她知道有人将信交到太子妃手中，她会以为夏斯特拉尔认出是太子妃的手迹，信是太子妃写的，还会想象信中嫉恨的对象，也许就是她本人。总而言之，她无论怎么想都有理由，而她怎么想都令我担心。再说，我深情爱恋着德·马尔蒂格夫人，太子妃肯定会让德·马尔蒂格夫人看信，她看了就会以为信是不久前写的。这样一来，我两边不得好，既同我最爱的女子闹翻，又同我最畏惧的女子反目。您听完这番话想想看，我是不是有理由恳求您说信是您的，恳求您行行好，去太子妃那儿将信取回来。"

"我明白了，"德·内穆尔先生说道，"您陷入了极大的困境；应当承认，您这是咎由自取。有人指责我是个不忠的情人，同时和好几位女子相好；然而，您

115

却远远超过了我，干出了我连想都不敢想的事情。您既然向王后许下诺言，难道还想同德·特米娜夫人保持关系吗？难道您希望既向王后许诺，又欺骗她吗？她是意大利人，又是王后，因此，心里充满了怀疑、嫉妒和傲气。您凭着运气好，确切地说，您行为检点了，才摆脱了原先那些关系，可是您随即又建立新的关系，还异想天开，在这朝廷里，您可以爱德·马尔蒂格夫人，又不会被王后发觉。您没有尽心尽意，消除她采取主动所产生的羞耻。她对您的爱很炽烈，这一点，您出于谨慎没有对我讲，我也同样出于谨慎没有问您。不管怎么说，她爱您，心中又有怀疑，而事实又对您不利。"

"还能轮到您来对我大加责备吗？"主教代理接口说道，"您是过来人，对我的过错不应当宽容一点吗？其实，我情愿承认我错了；可是，我要请求您想想办法，把我从深渊里拉出去。我认为您等太子妃一睡醒就去看她，就说丢了信，向她要回来。"

"我已经对您说过了，"德·内穆尔先生说，"您向我提的建议有点太离谱了，而我从自身利益考虑，恐怕很难办。再说，既然有人看见信是从您衣兜里掉出来的，我也不便硬说是从我衣兜里掉出去的。"

"我想我已经告诉过您,"主教代理答道,"有人对太子妃说,信是从您衣兜里掉下去的。"

"什么!"德·内穆尔先生急促地说道,此刻他看出,这场误会可能败坏他在德·克莱芙夫人面前的声誉,"有人对太子妃说,信是我掉落的吗?"

"对,"主教代理答道,"有人对她这么说了。造成这种误会,是因为王后的几名贵族侍从在一间网球厅里,而您和我的跟班去取我们放在那里的衣服,当时信就掉落了。那几名侍从拾起信,高声念了。有人认为信是您的,另一些人认为是我的。夏斯特拉尔收起信,他刚对我派去取信的人说,他当作是您的信交给了太子妃;然而不幸的是,向王后谈起此事的人,却说信是我的。因此,您可以轻而易举地满足我的愿望,帮我摆脱困境。"

德·内穆尔先生对德·沙特尔主教代理素有好感,而主教代理同德·克莱芙夫人又有那层亲戚关系;他就觉得主教代理更加亲近。然而,他还下不了决心冒这个风险,德·克莱芙夫人可能会听说这封信同他有牵连。他陷入沉思,而主教代理也差不多能猜出他在想什么,于是对他说道:

"我完全明白,您是担心同自己的情人闹翻。假如我没看出您不大嫉妒德·昂维尔先生，从而改变想法的话，您还真让我以为您担心同太子妃的关系呢。不管怎样，您是对的，不能为我的安宁而牺牲您自己的安宁。我愿意向您提供材料，您拿给心上人一看她就明白，信是写给我的，而不是写给您的。这是德·昂布瓦兹夫人的一张便条；德·特米娜夫人和她是朋友，把她自己对我的感情全告诉她了。德·昂布瓦兹夫人写这张便条，就是要向我索回她朋友的信，谁知信让我弄丢了。便条上写有我的名字，内容也明白无误，证明要向我索回的信正是我丢失的那封信。这张便条我交给您，可以拿给您情人看看，好为自己辩白。我恳求您一刻也不要耽误，今天早晨就去太子妃府上。"

德·内穆尔先生答应德·沙特尔主教代理帮这个忙，接过德·昂布瓦兹夫人的便条。不过，他并不想去见太子妃，认为还有更紧急的事要办。他断定太子妃已经对德·克莱芙夫人谈过这封信，他不能容忍他痴情爱着的女人以此为根据，认为他另有所爱。

他在德·克莱芙夫人该睡醒的时刻，来到府上，让人转告她说，如果不是为了一件十分紧要的事情，他绝不会这么早前来求见。德·克莱芙夫人还躺在床上，一夜想些伤心事,情绪很坏。她听仆人说,德·内穆尔先生求见,不免深感诧异,心里正没有好气儿,便毫不犹豫地回答说她病了,不能同他谈话。

这位王子吃了闭门羹,也不气不恼:此刻她可能怀着嫉妒心理,表现出冷淡态度,倒不是个坏兆头。他又走进德·克莱芙先生的套房,对他说刚从他夫人那边转来,很遗憾未能同她面谈,然而他要同她谈一件重要的事情,关系到德·沙特尔主教代理。他扼要地向德·克莱芙先生讲了这件事的严重性,德·克莱芙先生立刻带他走进夫人的房间。德·克莱芙夫人如果不是在昏暗之处忽然看见德·内穆尔先生由她丈夫带进来,她就很难掩饰慌乱和惊讶的神情。丈夫对她说,是关于一封信的事,需要她的帮助,好维护主教代理的利益;她可以和德·内穆尔先生商量一下怎么办;而他还有事,要应召去觐见国王。

能单独待在德·克莱芙夫人身边,这正中德·内穆尔先生的下怀。

"夫人,"他说道,"我来是想问问,太子妃有没有对您谈起夏斯特拉尔交给她的一封信?"

"她对我谈了几句,"德·克莱芙夫人答道,"不过,我看不出这封信同我叔父的利益有什么相干,我还可以明确告诉您,信上没有写出姓名。"

"的确如此,夫人,"德·内穆尔先生答道,"信上没有写出姓名;然而,信是写给他的,您能从太子妃手中要回信,这对他来说至关重要。"

"我不大理解,"德·克莱芙夫人又说道,"这封信给人看了,为什么对他关系那么重大呢?为什么非得以他的名义要回这封信呢?"

"如果您有闲暇,愿意听我讲一讲,夫人,"德·内穆尔先生说道,"我很快就会让您了解真相,让您了解对主教代理极为重要的事情,而这些事,我甚至不会告诉德·克莱芙王子,假如没有他帮忙我就能见到您的话。"

"您如此费心,要告诉我这一切,我想是毫无意义的,"德·克莱芙夫人态度颇为冷淡地答道,"您最好还是去找太子妃,告诉她此信对您有什么利害,不要拐弯抹角,因为也有人告诉她信是您的。"

德·内穆尔先生看出德·克莱芙夫人思想的尖刻,心里产生从未有过的极大快感,他反倒不着急为自己辩白了。

"夫人,"他说道,"别人可能对太子妃说了什么,我不得而知,但是这封信是写给主教代理先生的,对我没有任何利害。"

"这话我是相信啊,"德·克莱芙夫人反驳道,"可是,别人对太子妃的说法却相反,而在太子妃看来,主教代理先生的信,也不大可能从您的兜里掉出来。因此,我还是劝您向她承认了,除非您有某种我不知道的理由,要对她隐瞒真相。"

"我没有什么可向她承认的,"德·内穆尔先生接口道,"信并不是写给我的,如果真有谁需要我说明的话,那绝不是太子妃。不过,夫人,此事关系主教代理先生的前程,因此您有必要听我讲讲,而且,这些事情也一定能引起您的好奇。"

德·克莱芙夫人沉默了,表示愿意听他讲。于是,德·内穆尔先生尽量简明扼要,向她叙述了他刚听主教代理所讲述的一切。这些事情虽然令人惊奇,值得注意倾听,但是,德·克莱芙夫人却似听非听,态度极为冷淡,仿佛不相信这是真的,或者认为与己无关。她就处于这样的精神状态之中,直到德·内穆尔先生提起德·昂布瓦兹夫人的那张便条为止:写给德·沙特尔主教代理的便条,足以证实他对她所讲述的一切。德·克莱芙夫人知道这位夫人是德·特米娜夫人的朋友,因而她觉得德·内穆尔先生的话还有点影儿,心想这封信也许不是写给他的。此念一生,她就不由自主,突然改变了她一直保持的冷淡态度。这位王子给她念了能为自己辩白的便条之后,又递过去让她自己看,并说她能认出字迹来。德·克莱芙夫人忍不住接过便条,瞧瞧上面是不是写给德·沙特尔主教代理的,又念了全文,判断一下要索回的信是不是她手中的这一封。德·内穆尔先生还说了一些事,他认为能令她信服的,全对她讲了。一件皆大欢喜的事实,很容易澄清,他也终于说服德·克莱芙夫人相信,他与此信毫无牵连。

于是,她开始和德·内穆尔先生一起分析,主教代理处于什么困境,面临什么危险,又是谴责他的不端行为,又是设法援救他。德·克莱芙夫人对王后的行径深感诧异,她向德·内穆尔先生承认信就在她手上。总而言之,她一旦认为他是清白的,便以开朗而安详的心情,投入她起初似乎不屑一听的事情中。两人商定,绝不把信还给太子妃,怕她出示给德·马尔蒂格夫人,因为德·马尔蒂格夫人认识德·特米娜夫人的笔迹,她又那么关心主教代理,很容易就能猜出信是写给他的。他们俩还认为,有关她母后的一切,也不能告诉太子妃。德·克莱芙夫人借口事关她叔父,乐于保守德·内穆尔先生向她透露的所有秘密。

这位王子并不想总跟她谈主教代理的利益，此刻他同她谈话无拘无束了，假如不是有人来向德·克莱芙夫人禀报说太子妃要召见，恐怕他要一反往常，更加大胆起来。德·内穆尔先生无奈，只好告辞。他又去见主教代理，对他说自分手之后，觉得径直去见太子妃，还不如先去找他侄女德·克莱芙夫人，他也不乏理由让主教代理赞同他的做法，并对成功抱有希望。

这工夫，德·克莱芙夫人急忙梳洗打扮，赶着去见太子妃。她一走进房间，太子妃就叫她靠近前，悄声对她说道：

"我等了您有两小时了，今天早晨我为掩饰真相为难极了，还从来没有过这种情形。昨天我给您的那封信，王后听说了，她认为是德·沙特尔主教代理丢失的。您知道，这事儿她颇为关注，派人去寻找那封信，并问到夏斯特拉尔头上；夏斯特拉尔说把信交给我了；随后，她又派人来向我索取信，借口说信写得很妙，引起了她的好奇。我未敢说信在您手中，怕她认为我把信交给您，是因为主教代理是您叔父，还会以为他同我串通一气。我已经觉得王后很难容忍他常来我这儿，因此我回复说，昨天我把信装在衣兜里，而拿衣

123

柜钥匙的人出门了。"

"您赶快把信给我吧,"太子妃又说道,"我好派人给王后送去,送去之前,我还得先看一遍,瞧瞧能不能认出信上的笔迹。"

德·克莱芙夫人这下子作难了,完全超出她的意料。

"夫人,我不知道您怎么办才好,"她回答,"因为,我把信给德·克莱芙先生看,他却把信还给了德·内穆尔先生。德·内穆尔先生一早就登门,请求德·克莱芙先生出面向您索回信,而德·克莱芙先生不慎说信就在他手中,他又心软,经不住哀求,就把信还给了德·内穆尔先生。"

"您可给我添了大麻烦,简直不可想象,"太子妃又说道,"您就不该把信还给德·内穆尔先生;您是从我手里拿走的信,不经我的允许就绝不应当给别人。您让我怎么对王后说呢?她又会怎么想呢?她很可能以为这封信与我有关,主教代理和我有什么私情。怎么也不能说服王后相信,这封信是写给德·内穆尔先生的。"

"给您添这么大的麻烦,我非常遗憾,"德·克莱芙夫人答道,"我也认为麻烦大了,但这是德·克莱芙先生的过错，不能怪我。"

"就该怪您，不应当把信给您丈夫，"太子妃反驳道，"世上的女人，唯独您把自己知道的事情全告诉丈夫。"

"看来是我的过错，夫人，"德·克莱芙夫人答道，"不过，现在应该考虑如何弥补，而不是审查我的过错。"

"信中的内容，您差不多总还记得吧?"太子妃问道。

"对，夫人，"她回答，"我看过不止一遍，内容还记得。"

"既然如此，"太子妃接口说道，"您一会儿就去找一个笔迹陌生的人写出来，我再把它转交给王后。王后不会出示给看过信的人，即使出示了，我也一口咬定这就是夏斯特拉尔给我的那封信，谅他也不敢跟我唱反调。"

德·克莱芙夫人赞同这种办法，尤其想到可以派人去德·内穆尔先生那里取回信，让人大致模仿信上的笔体，逐字逐句抄一遍，就会万无一失，准能瞒过王后。她一回到府上，就向丈夫讲了太子妃遇到的麻烦，求他派人找德·内穆尔先生。派出的人找到他，他就急速赶来了。德·克莱芙夫人把她对丈夫讲的话又重复一遍,并向他要那封信。不料德·内穆尔先生却回答说,信已经归还了;德·沙特尔主教代理喜出望外,信失而复得,总算脱离了面临的危险,他当即就寄还给德·特米娜夫人的女友。德·克莱芙夫人又遇到新麻烦,他们反复商量,最后决定凭记忆复制那封信。他们关起门来操作,吩咐仆人不让任何人进入,还把德·内穆尔先生的跟班全打发走了。这种神秘而相契的氛围,对这位王子,甚至对德·克莱芙夫人,都不乏可观的魅力。既有丈夫在家,又是为了维护德·沙特尔主教代理的利益,她良心上就没有什么不安了,只感到与德·内穆尔先生见面的愉悦,而这种纯洁的、毫无杂念的喜悦,是她从来没有感受过的:这种喜悦给她的思想平添了自由与活泼,而德·内穆尔先生从未见她如此情态,从而对她的爱情倍增。他还从未经历过如此惬意的时刻,也就跟着活跃多了。德·克莱芙夫人开始回忆信的内容,并执笔写下来;这位王子非但不认真帮忙,反而时时打断她的思路,对她讲些玩笑话。德·克莱芙夫人的思想也进入同样欢快的状态,结果两个人在房间里关了许久,太子妃两次派人来催问,信还没有写出来一半。

德·内穆尔先生倒乐意延长如此惬意的时刻,把他朋友的利益置于脑后了。德·克莱芙夫人也不觉得无聊,同样把她叔父的利益置于脑后了。到了下午四点钟,信才勉强写完,而且写得很糟,让人抄写出来的一份,同原来的字体相去甚远;因此,王后看了,无须费神去弄清楚就知道是假的,不管别人怎么说这封信是写给德·内穆尔先生的,她也不会上当受骗,而是确信,这封信不仅是德·沙特尔主教代理的,而且还与太子妃有关系,认为他们俩是串通好了的。她产生了这种念头,就极大地增加了她对这位王妃的仇恨,不断迫害她,永远也不饶恕,后来终于将她逐出了法国。

至于德·沙特尔主教代理,他在王后面前彻底失宠了,事情到这种地步,不是因为洛林红衣主教已经主宰了她的思想,就是因为情书事件让她明白自己受了骗,也从而弄清主教代理所设的其他骗局;总之大势已去,他永远也不能同王后言归于好了,他们的关系破裂了。后来,他牵涉到昂布瓦兹谋反事件中,就让太后借机除掉了。①

---

① 法王亨利二世于一五五九年去世,长子继位,称弗朗索瓦二世,成为太后的卡特琳与吉兹兄弟掌管朝政。一五六〇年三月,新教派在昂布瓦兹城密谋起事,力图让年轻的国王摆脱吉兹兄弟的影响,事败遭到残酷的镇压。

派人把信给太子妃送去之后，德·克莱芙先生和德·内穆尔先生就出去了。德·克莱芙夫人独自待在房中，心爱的人在场所带来的喜悦一旦消失，她就如梦初醒，惊诧地看到情绪变化之大：昨天夜晚和眼下真有天壤之别。当初，她以为德·特米娜夫人的信是写给德·内穆尔先生的，就对他表现出了尖刻和冷淡，那种神态重又浮现在她眼前；然而，她一旦确信这封信与他无关，取代这种恼怒的，又是何等平静和甜美的心情！她想到前一天对他动了情，唯有怜惜之心才能产生这种感情，她便将这视为罪过而自责；她还想到自己恼怒所显露的嫉妒情绪，恰恰是爱的某种确证，凡此种种，她简直认不出自己了。她又想到德·内穆尔先生完全看出来她知道他爱她，也完全看出来她尽管知道，也没有怠慢他，即使当着她丈夫的面也如此；非但没有怠慢，还从来没有这样对他青眼相加，正是她促使丈夫派人找他来，他们单独在一起度过一个午后。凡此种种，她觉得自己是同德·内穆尔先生串通一气，欺骗世间最不该受骗的丈夫。这种行径，即使在她情人眼里也显得极不自重，她不禁为此感到羞愧。然而，她最不能容忍的，还是回想起昨天难度的夜晚的状态，以及想到德·内穆尔先生另有所爱而自己受了骗所产生的剧烈痛苦的心情。

在此之前,她没有体验过猜疑和嫉妒所引起的极度不安,只想着谨防自己爱上德·内穆尔先生,并不担心他会爱上另一个女子。这封信所引起的猜疑虽然消除了,但是也让她睁开了眼睛,看到自己随时可能上当受骗,还给她留下了她从未有过的怀疑和嫉妒的印迹。她奇怪自己为什么还从未想过,像德·内穆尔先生这样一个男子,在女人中间一直显得那么轻浮,怎么可能真诚而持久地爱恋呢?她觉得自己几乎不可能满足于他的爱了。

"然而,"她心中暗道,"即使我能感到满足,那么我又如何对待他的感情呢?我愿意容忍吗?我愿意回报吗?我愿意投入一件风流韵事中吗?我愿意对德·克莱芙先生负心吗?我愿意背叛自己吗?总而言之,我甘愿自找爱情所造成的痛悔和绝望吗?一种倾慕战胜并控制我,把我强行拖走;我一次次下决心也徒劳无益。我昨天想的同今天想的完全一致,我今天所为与昨天的决定却恰恰相反。我不该再同德·内穆尔先生见面,应当到乡下去,不管我这次旅行显得多么古怪。假如德·克莱芙先生极力劝阻,或者要追问此行的原因,我就实话告诉他,也许会伤害他,也同样伤害我自己。"

她打定了这个主意,整个晚上都是在自己房间里度过的,也不去见太子妃问一问主教代理那封假信结果如何。

等德·克莱芙先生一回家,她就对他说想要去乡下,现在身体不好,需要呼吸新鲜空气。德·克莱芙先生觉得她美极了,根本不像有什么大病。开头他不以为然,还拿这个旅行计划打趣,说她忘记了两位公主的婚礼和比武大会即将举行,她若想打扮得同其他贵妇一样高雅华贵,准备的时间并不怎么充裕。丈夫讲了这些理由,她还是主意不变,请他同意在他陪同国王去贡比涅的时候,她前往库洛米埃。库洛米埃距巴黎有一日里程,他们在那里建造了一座精美的宅子。德·克莱芙先生还是同意了,而她去那个乡间别墅,就不打算很快返回,但是国王去贡比涅只准备逗留几天。

德·内穆尔先生和德·克莱芙夫人共度的那个十分愉快的下午,让他感到更加有望,可是从那以后,他就再也没有见到她,不免黯然销魂。他急切想再同她见面,终日寝食不安。因此,当国王回到巴黎的时候,他就决定去他姐姐德·梅尔克尔公爵夫人那里,公爵夫人的乡间别墅离库洛米埃不远。主教代理欣然接受他的建议，同他一道前往；他做这样的安排，就是希望见到德·克莱芙夫人，并拉着主教代理一同去拜访。

德·梅尔克尔公爵夫人特别高兴接待他们，一心只想让他们玩得开心，向他们提供乡间的各种娱乐活动。他们俩去打猎，追逐鹿的时候，德·内穆尔先生在森林里迷了路，他打听回程的路时，听说他就在库洛米埃附近。他一听库洛米埃这个词儿，不加思索，也不想弄明白自己是什么打算，策马便朝人家指引的方向跑去，进入一片树林，顺着精心修整的一条条小径行进，认为条条路径都通向别墅。路的尽头有一座小楼，楼下是一间大客厅，配有两个小房间：一间对着小花园，而绿篱之外便是树林；另一间则对着庭园的主道。他走近小楼，正要停下来观赏这座美丽的建筑物，忽见德·克莱芙夫妇由一群仆人簇拥着，从庭园主道走过来。德·内穆尔先生动身来乡下时，德·克莱芙先生还在国王身边，不料现在竟在这里见到，他头一个反应就是躲起来，于是走进对着小花园的房间，打算从开向树林的一道门出去。然而，他看见德·克莱芙夫妇坐到小楼下面，众仆人停留在庭园里，而他们必须经过两位主人就座的地方，才能到他所待的房间。因此他心头一喜，禁不住要瞧瞧这位王妃，而且还萌生好奇之心，禁不住要听听她同丈夫的谈话：这位丈夫引起的嫉妒超过他对任何情敌的嫉妒。

他听见德·克莱芙先生对妻子说：

"您为什么就不愿意回巴黎呢？什么人能拖住您留在乡间呢？近来您喜欢独来独往，对此我感到奇怪，也感到伤心，因为我们经常分开。我甚至觉得您比往常更忧伤了，我真担心您有什么伤心事。"

"我没有任何烦恼的事，"妻子回答，神情颇为尴尬，"可是，宫廷里太喧闹了，而且府上又总来那么多人；弄得人身体和精神不可能不累，自然要寻求休息了。"

"休息，"丈夫反驳道，"不大适合您这样年龄的人。您无论在自己府上还是在宫廷里，都没有显出疲倦来，我还是担心您喜欢同我分开。"

"您产生这种想法，对我就太不公正了，"她神情越发尴尬，接口答道，"不过，我还是求您让我留在这里。假如您也能留下，那我就太高兴了，但是您要独自留下，将那一大群几乎不离您左右的人打发走。"

"唉！夫人！"德·克莱芙先生高声说道，"您的神情和您的话语，都让我明白您想独自一人是有原因的，但我不得而知；请求您告诉我。"

他催问了许久，妻子就是不肯讲，而她越辩解，越引起她丈夫的好奇心；接着，她垂下双目，沉默不语了；继而，她抬眼注视着丈夫，突然说道：

"不要强行要我向您承认一件事，虽然有好几回，我都打算向您承认，但最终还是缺乏勇气。您考虑这一点吧：像我这样年龄的一个女子，应当约束自己的行为，总在宫廷出出进进，是极不谨慎的。"

"夫人，您让我怎么想呢？"德·克莱芙先生提高声音说道，"我不敢对您直说，真怕冒犯您。"

德·克莱芙夫人又不答言了，她的沉默终于使她丈夫肯定了自己的想法。

"您什么也不对我讲，"她丈夫接着说，"这就等于向我表明我没有想错。"

"那好吧，先生，"她跪到丈夫面前，回答说，"我向您承认一件事，这是从来没有女人向丈夫承认过的；不过,我的行为和意图是清白的,也就给了我这种勇气。不错，我远离宫廷是有原因的，就是要躲避我这样年龄的人有时所面临的危险。我还从未有半点意志薄弱的表现，如果您让我自主离开朝廷的生活，或者，如果德·沙特尔夫人还在世指导我的行为，我也就不会担心自己会有这种表现了。我所做的决定，不管冒多大风险也心甘情愿，以便始终无愧于您。如果我产生了令您不快的感情,也千万请您原谅,至少我在行为上永远不会惹您不满。想一想吧,我为了这样做,必须对丈夫怀有更多的友谊和敬意;指引我吧,怜悯我吧,如果可能的话,还继续爱我吧。"

在她讲这番话的过程中,德·克莱芙先生双手托着头,心情激动万分,甚至没有想到扶起他妻子;等她住了口,他才朝她投去目光,看见她跪在地上,泪流满面,美丽动人到了极点;他心痛如绞,都有死的念头了,急忙搂住妻子,将她扶起来。

"您还是可怜可怜我吧,夫人,"他对妻子说道,"我才值得可怜呢。我一时痛不欲生,对您这样推心置腹没做出应有的反应,还要请您原谅。我觉得您的行为,比世上任何女子都更值得敬重和钦佩;但与此同时,我却是世间最不幸的男子。自从见到您的那一刻起,您就燃起我的激情,拥有了您而又遭您的冷淡,也未能把它熄灭:这种激情还在延续。我始终未能激发起您的爱,而现在却眼看着您担心对另一个人产生这种感情。夫人,让您产生这种担心的那个幸运男子,他是谁?从什么时候起,他讨您喜欢的呢?他又是如何讨您欢心的呢?他找到什么途径抵达您的心灵?我没有打动您的心,还以为这颗心是打动不了的,并以此聊以自慰。然而，我办不到的事情，另一个男人却办到了。我同时产生了做丈夫和做情人的双重嫉妒。不过，听了您这样的表白之后，作为丈夫的嫉妒就不复存在了。您的坦白态度十分高尚，完全让我放心了。甚至作为您的情人，我也得到了安慰。您对我表现出的信任和真诚，可以说是无价的：您这样敬重我，也自然相信我不会滥用您承认的事情。您做得对，夫人，我不会滥用的，我对您的爱也不会减少半分。您表现出了一位女子对丈夫的最大忠诚，也把我推向不幸。不过，夫人，事情还是有始有终，请告诉我，您要躲避的那个人是谁？"

"我恳求您，不要再问了，"她回答，"我意已决，不会告诉您的，我认为出于谨慎，也不能把姓名告诉您。"

"您丝毫也不必担心，夫人，"德·克莱芙先生又说道，"我非常了解世情，自然知道一个丈夫的声望阻止不住别人会爱上他妻子。爱上人家妻子的人是可恨，但也没必要怨天尤人。再说一遍，夫人，我渴望知道的事情，求求您告诉我吧。"

"您再怎么逼我也没有用，"她回答，"我认为不该讲的，就能守口如瓶。我并不是因为软弱，才向您承认的：这种事实，承认比试图掩饰需要更大的勇气。"

德·内穆尔先生一句不落地听了这次谈话。德·克莱芙夫人刚才的话引起的他的妒意，几乎不亚于她的丈夫。他发狂地爱着她，便以为所有人都有同样的感情。他确实有好几个情敌，但是在他的想象中还要多得多，他的头脑在胡乱琢磨，寻找德·克莱芙夫人所指的那个人。有多少回，他曾经以为她不讨厌他，但是他这种判断的依据，在此刻显得微不足道，他也就不可能想象他会激发如此强烈的爱，结果对方不得不采取异乎寻常的办法。他心情激动万分，连目睹的情景都看不明白，心里甚至不能原谅德·克莱芙先生，怪他没有把妻子隐瞒的姓名盘问出来。

平心而论，德·克莱芙先生已竭尽全力，徒然追问一阵之后，他妻子答道：

"我这样坦率，觉得您应当满意了；您不要再进一步问了，别让我后悔刚才所做的事。您就应当满足于我仍旧向您做的保证：我的一举一动绝没有流露出我的感情，而别人也从未讲过一句冒犯我的话。"

"唉！夫人，"德·克莱芙先生忽然又说道，"我真不敢相信那是您。我还记得您的肖像丢失的那天您的窘态。您给了人，夫人，那肖像对我多么珍贵，正正当当属于我，您却把它给出去了。您未能掩饰住您的感情；人家知道您爱上了，只是到目前为止，没有发生什么事，是您的品德保全了您。"

"您怎么可能还认为，"这位王妃高声说道，"我掩盖了什么呢？这件事，没有任何原因逼迫我向您承认的呀！请相信我这话吧，我付出相当大的代价，才换取我所请求的信任。我还请您相信，我绝没有把那幅肖像送给人；不错，我瞧见有人拿走，可是，我不愿意表明我看见了，怕招来别人还未敢对我讲的闲话。"

"那么，您又从哪儿看出来人家爱上您了呢？"德·克莱芙先生又问道，"人家对您有什么爱情的表示呢？"

"还是免了吧，"她答道，"别让我向您复述了：那些细节我注意到了，这就足以表明自己意志薄弱，想想实在感到羞愧。"

"您说得对，夫人，我的要求没道理。今后我每次提出这种要求，您就拒绝好了；不过，如果我再向您提出来，您也不必生气。"

这时，停留在庭园路径上的仆人，有好几名来向德·克莱芙先生禀报，说国王派了侍从来召他晚上返回巴黎。德·克莱芙先生只好动身，他对妻子没有什么可说的了,仅仅恳求她次日也回去,并恳求她相信,他虽然很伤心,但是对她仍然是一片深情和敬重,对此她应当心满意足了。

这位王子走了,德·克莱芙夫人独自留下,她回顾一下自己刚才的所为,不禁惊恐万状,难以想象实有其事。她觉得自己毁了丈夫的感情和敬重,自己给自己挖了一个深渊,永远也出不来了。她纳罕为什么会做出如此冒失的事情,觉得自己还没有明确的打算,就和盘托出了。承认这样一件事情非同寻常,她根本找不到先例,现在才看出所冒的全部风险。

可是,她转念一想,这剂药再怎么猛烈,总归是对付德·内穆尔先生的唯一良方,她觉得自己根本不必后悔,也不算怎么太冒险。她整整想了一个晚上,思绪纷乱,又犹豫又担心,最后头脑总算恢复平静。这种忠诚的表示,给予一个受之无愧的丈夫,她甚至觉得有几分快慰,而丈夫听了她承认的事之后,态度明确,对她仍然充满无限敬意和友谊。

且说德·内穆尔先生,他听了这场深受触动的谈话,离开窃听的地点,又钻进了树林。德·克莱芙夫人关于肖像所说的话,重又给他增添活力,使他明白她所念念的正是他本人。一开始,他沉浸在喜悦中,但是这种心情没有持续多久，只因考虑到，他通过这件事得知他打动了德·克莱芙夫人的心，通过这件事他也同样深信，他永远也收不到爱的任何表示，也不可能将一个采用如此特殊办法的女人拉入风流韵事中。不过，他能迫使她走这样的极端，也不免沾沾自喜；能博得一位迥异的女子的倾慕，他也引以为豪。总而言之，他既感到百倍的幸福，又感到百倍的不幸。

夜幕突然降临，他在树林中，费了许多周折，才找到返回德·梅尔克尔夫人家的路，赶回去天已蒙蒙亮了。他在说明滞留的原因时，结结巴巴好不尴尬，极力自圆其说；当天他就和主教代理回巴黎了。

这位王子满怀激情，为自己所听到的谈话惊诧不已，结果不慎，犯了一个相当普遍的错误，就是用笼统的话语谈论他的私情，假借他人之名讲述自己的奇遇。在返回巴黎的途中，他总把话题拉到爱情上去，大肆渲染爱上一个值得爱的人儿有多快活，还谈到这种激情的奇特效果，最后按捺不住，不能把德·克莱芙夫人的行为引起他的惊讶埋在心里，也讲给主教代理听了。他没有指名道姓，也没有说他同这事毫无关系，但是他讲述时热情奔放，赞不绝口，很容易引起人怀疑：主教代理就觉得此事与这位王子有关，极力催促他招认，对他说早就知道他产生了炽烈的爱情,他不该戒备一个把平生的秘密都告诉给他的人。然而,德·内穆尔先生爱得太深沉,不能轻易承认。他对主教代理隐瞒了,尽管主教代理是他在朝廷最喜爱的人。德·内穆尔先生回答说,是一位朋友对他讲了这种奇遇,并要他答应绝不讲出去,因此,他也恳求主教代理保守秘密。主教代理保证绝不向外泄露;可是,德·内穆尔先生已经后悔对他讲得太多了。

德·克莱芙先生觐见国王时,心里还痛不欲生。古往今来,就没有丈夫对妻子怀有这样炽烈的爱,这样深挚的敬重。他刚刚了解的事情,也没有消除他这种敬意,但他觉得在此事前后,是两种性质不同的敬重。现在占据他的心思的,还是渴望猜出那个善于博取她欢心的人。德·内穆尔先生首先浮现在他的脑海;他被视为朝廷里最可爱的人儿。继而又想到德·吉兹骑士和圣安德烈元帅,这两个人都曾打算追求她,现在还对她大献殷勤。想到最后他认定,必是这三人中的一个。

德·克莱芙先生到达卢浮宫,国王把他带进书房,说选定他陪同公主出嫁西班牙,认为他是完成这项使命最合适的人选,德·克莱芙夫人也最能给法国争得光彩。德·克莱芙先生接受了这项光荣的使命，他也认为这是一次好机会，携妻子远离朝廷而又显不出改变了行止。但是，离行期还很远，远水救不了近火。他当即给妻子写信，讲述国王刚对他说的话，又表明一定要她返回巴黎。德·克莱芙夫人遵照吩咐回来了，夫妇见面，都陷入极度的忧伤中。

德·克莱芙先生对妻子讲话的态度，表明他是最正直的人，无愧于妻子的推心置腹。

"我丝毫也不担心您的行为，"他对妻子说道，"您的勇气和品德，都超出了您自己的估计。我也绝不是因为担心未来而愁苦。我只是苦于看到您对另一个人动情，而我却未能使您产生这种感情。"

"不知道怎样回答您才好，"妻子回答道，"我同您谈这事，真是无地自容。求求您了，这种谈话太残忍，还是免掉吧，主要是把我的行为规范好，不让我见任何人。我只向您请求这一点。而且，也请您理解，我再也不提这件事，我觉得这种事有损于您，也有损于我自己。"

"您说得对，夫人，"丈夫附和道，"我辜负了您的温情和您的信任；不过，您将我置于这种境地，也应当给予几分同情；想一想吧，不管您对我说了多少，您总归向我隐瞒一个人的姓名,引起我的好奇心,而我怀着这种好奇心,是无法生活的。我并不要您满足这种好奇心,但总是忍不住说一说,我认为我所羡慕的人,不是圣安德烈元帅、德·内穆尔公爵,就是德·吉兹骑士。"

"我不作任何答复,"德·克莱芙夫人红着脸,对丈夫说道,"我不会用回答去减少或增加您的怀疑。假如您试图使用监视我的办法去弄清楚,那么您就会把我弄得无所适从,让所有人都看出来。看在上帝的分儿上,"她接着说道,"还是让我借口有病,不见任何人为好。"

"不行,夫人,"他反驳说,"外人很快就能看出这是一种假托。再说,我只肯相信您本人:这是我的心指引我走的路,也是我的理智指引我走的路。我了解您的性情,给您自由比给您限制,恐怕对您的约束力更大。"

德·克莱芙先生看得不错:他对妻子表示信任,反而加强了她抵制德·内穆尔先生的力量,促使她下了更大的决心,这是任何约束所办不到的。于是,她又照例去了卢浮宫,去太子妃府上;不过,她心思极为细密,竭力避免同德·内穆尔先生相遇,竭力避开他的目光，结果他尽行丧失自以为得到她的爱所滋生的快乐。他看不出她的行动有哪点表明这种爱，最后他都拿不准，他所听到的谈话是不是一场梦，简直一点也不像实有其事了。唯有一件事可以肯定他没有弄错，就是德·克莱芙夫人怎么也掩饰不住的极度的忧伤：传情的目光和话语，也许还不如这种庄重的举止大大激发了德·内穆尔先生的爱情。

一天晚上，德·克莱芙夫妇都在王后的宫中，有人说根据传闻，国王还要任命一位朝廷大臣，伴随公主出嫁西班牙。就在那人补充说，可能要任命德·吉兹骑士或圣安德烈元帅的时候，德·克莱芙先生眼睛注视他妻子，注意到她听了这两个人的名字，以及他们可能与她同行的说法，脸上毫不动容，从而他确信，这两个人没有一个是她害怕见到的。他要澄清自己的疑虑，便走进王后书房去见国王，过了一会儿回来，到妻子身边悄声说道，他刚得知是德·内穆尔先生和他们一道去西班牙。

德·克莱芙夫人听到德·内穆尔先生这个姓名，又想到在长途旅行中，她每天要当着丈夫的面见到他，不禁心慌意乱，都无法掩饰了，就想搬出别的理由：

"选中这位王子，对您来说挺讨厌的，"她回答道，

"所有荣誉他都要分享,我觉得您应当设法让陛下另选别人。"

"夫人,德·内穆尔先生与我同行,令您担心的不是荣誉。您的忧虑另有原因。听了这消息您忧虑,换个女子会喜悦,我通过忧虑或喜悦都能了解真情。不过,半点也不要担心,我刚才对您讲的并不是真事,而是我编造的,以便证实我已经确信的一件事。"

说罢他便离去,他看到妻子极为尴尬,就不想在跟前再增加她的窘态。

这时,德·内穆尔先生走进来,他首先注意到德·克莱芙夫人的神态,便走到面前,轻声对她说,他出于敬重,不敢问她为什么显得比往常神不守舍。德·内穆尔先生的声音使她回过神儿来,她看着他,没有听见他讲了什么,一直想自己的心事,又怕丈夫看见德·内穆尔先生在她身旁。

"看在上帝的分儿上,让我清静点儿吧。"她对德·内穆尔先生说道。

"唉!夫人,"他答道,"我让您过分清静了,您还能抱怨什么呢?我不敢对您讲话,我甚至不敢看您,一走近您就浑身发抖。我做了什么招惹您对我说这种话呢?为什么您向我表示,我对您这样忧伤负有责任呢?"

德·克莱芙夫人心里十分恼火,居然给德·内穆尔先生一生未有的明确表白的机会。她没有搭理,扭身走了,回到自己府上,思想从来没有过这样烦躁不安。她丈夫不难看出,她怕他提起刚发生的事情;见她走进一间书房,便跟了进去。

"不要躲避我,夫人,"他对妻子说道,"我绝不会说什么惹您不快的事。刚才我突如其来,还请您原谅。我了解了实情,已经受到了相应的惩罚。德·内穆尔先生是男人圈里我最惧怕的一位。我看到您面临的危险,但愿您能自爱,如果可能也为了对我的爱,把握住自己。我向您提出这样的请求,不是作为丈夫,而是作为全部幸福得之于您的一个人,这个人对您的爱,比您内心喜欢的那个更温存、更强烈。"

德·克莱芙先生说到最后两句,心中感慨万分,勉强把话说完。妻子听了深受感动,泪如泉涌。她温柔而又痛苦地拥抱他,将他置于同她相差无几的状态。两个人半晌相对无言,直到分开也都没有勇气说话。

公主的婚事一切准备就绪。德·阿尔伯公爵前来迎亲,他受到了这种国事的最高礼遇和最隆重的接待。受国王的派遣,孔代亲王、洛林和吉兹两位红衣主教,以及费拉尔、奥马尔、布伊翁和内穆尔诸位公爵前往相迎。他们还带了好几位贵族侍从和一大批身穿号服的少年侍从。国王也率领以大总管为首的二百名内侍,到卢浮宫第一道大门迎候德·阿尔伯公爵。德·阿尔伯公爵走到国王面前时,就要躬身下去吻国王的双膝;但是国王叫他免礼,让他同自己并肩前去见王后和公主。德·阿尔伯公爵代表自己的君主,送给公主一份名贵的礼物。接着,他又去拜见御妹玛格丽特夫人,向她赞扬了德·萨瓦先生,并向她保证说,德·萨瓦先生不日即可到达。卢浮宫里举行盛大集会,让德·阿尔伯公爵和陪他前来的德·奥兰治王子看看宫廷的美人和美轮美奂的气派。

德·克莱芙夫人本不想出席,但是丈夫让她非去不可,她怕惹丈夫不悦,也就参加了集会。不过,德·内穆尔先生将缺席,是她做此决定的更重要的原因。德·内穆尔先生去迎候德·萨瓦先生了,等那位亲王一到,他又得始终陪伴左右,协助亲王处理有关婚礼的一切事宜。这样一来,德·克莱芙夫人就稍微放了心,不会像往日那样常和他相遇。

德·沙特尔主教代理并没有忘记他同德·内穆尔先生的那次谈话,他头脑里总保持一种印象,即这位王子所讲的爱情故事就是他本人的经历；后来就一直仔细观察他，如果不是情况有变，德·阿尔伯公爵和德·萨瓦先生到来，朝廷一片忙乱，妨碍他观察，他可能就弄清真相了。他怀着弄清事实的渴望，确切点儿说，他出于要把自己了解的事情告诉心爱的人的那种天性，对德·马尔蒂格夫人讲了那个女子的非凡之举：她向丈夫承认了她对另一个男子的爱恋。他还肯定地对她说，激起那女子炽烈爱情的正是德·内穆尔先生，并且请她协助观察德·内穆尔先生。德·马尔蒂格夫人听了主教代理的介绍，非常感兴趣，她看到凡是关系到德·内穆尔先生的事，太子妃总显得很好奇，因此，她就越发渴望洞察这段风流艳情。

举行婚礼的吉日已定，在那前几天，太子妃设晚宴，请父王陛下和德·瓦朗蒂努瓦公爵夫人。德·克莱芙夫人着意梳妆打扮，到卢浮宫时比平常晚了点儿，途中遇见太子妃派来找她的一名贵族侍从。她一走进宫室，太子妃就在卧榻上高声对她说，等她等得已经十分焦急了。

"夫人，"德·克莱芙夫人答道，"我不敢领情，我想您这样焦急肯定别有缘由，并不是急于见我。"

"您说对了，"太子妃接口道，"不过，您还是得领我这份情,因为,我要告诉您一段艳情,肯定您乐意了解。"

德·克莱芙夫人就跪到卧榻前,幸而她的脸背着光。

"您也知道,"太子妃对她说,"我们都想弄清德·内穆尔公爵发生变化的起因。我认为已经掌握了,说起来会令您吃惊的:他狂热地爱上了朝中最美的一个女子,那女子也深深地爱他。"

德·克莱芙夫人不相信有人知道她爱上这位王子,因此听了这话不会往自己身上想,但是不难想象,这话引起她一阵痛苦。

"像德·内穆尔先生那种年龄、那种相貌的人,有点儿风流事,我看丝毫也不奇怪。"德·克莱芙夫人答道。

"令您感到惊奇的也不是这个,"太子妃又说道,"而是爱上德·内穆尔先生的那个女子,要知道,她对他从来没有过任何爱情的表示,而且,她担心有时会控制不住自己的强烈感情,竟然向她丈夫承认了,以便不再出入宫廷。我对您说的这事儿,是德·内穆尔先生亲口讲的。"

如果说乍一开头,德·克莱芙夫人想到自己与这艳情毫不相干,不由得一阵心痛的话,尔后她又听见太子妃说这几句话,确信自己陷得太深,就不免一阵绝望。她答不上话来,头俯向卧榻;而太子妃只顾往下说,心思全放在自己所讲的事情上,也就没有注意到她的这种窘态。

等到心情稍微镇定一点儿,德·克莱芙夫人便答道:

"我觉得这件事不大真实,我很想知道是谁告诉您的。"

"是马尔蒂格夫人,"太子妃回答,"她是听主教代理讲的。您知道,他爱上马尔蒂格夫人,作为一件秘密告诉她,而他则是听德·内穆尔公爵亲口讲的。不错,德·内穆尔公爵并没有对他说出那位夫人的姓名,甚至没有向他承认那夫人爱的是他本人;但是,德·沙特尔先生对此却深信不疑。"

太子妃刚说完这番话,就有人走近卧榻。德·克莱芙夫人正好背对着,看不见来人是谁。然而,当太子妃惊喜地大声说了一句,她就完全清楚了。

"嘿!他本人到了,我要问问他是怎么回事儿。"

德·克莱芙夫人不用转过身去,就知道来人是德·内穆尔公爵,而且果然是他。她急忙靠近太子妃,悄声对她说，千万不要向他提起这桩艳事，他是透露给主教代理的，事情弄不好就可能会使他们反目。太子妃笑着回答，她也太多虑了，接着便转向德·内穆尔先生。他一身盛装，是来参加晚宴的。他开口讲话，优雅的风度显得那么自然。

"夫人，"他说道，"我不揣冒昧，认为我进来时，您正谈论我，想问我什么事，而德·克莱芙夫人却反对。"

"一点不错，"太子妃答道，"不过，往常我都顺着她，这次则不然。我想让您告诉我，有人向我讲述的一件事是不是真的，您是不是了解同朝中一位夫人相爱的那个人，而那位夫人精心向他掩饰她的痴情，却向她丈夫承认了?"

德·克莱芙夫人慌乱的心情和尴尬的神态，超出了任何想象。如果有一条死路能摆脱这种处境，她也乐意一死。然而，如果可能的话，德·内穆尔先生比她还要尴尬。太子妃的话，是当着德·克莱芙夫人讲的，这是她在宫廷里最信赖、对方也最信赖她的贵妇，因此，他有理由相信她的话并无恶意，可是他听了，脑子立时一片混乱，大量的怪念头一齐涌现，让他简直无法控制脸上的表情。眼看由于他的过错，德·克莱芙夫

人陷入窘境,他想到他自找人家的憎恨,不由得心头一紧,便答不上话来了。太子妃见他呆若木鸡,就对德·克莱芙夫人说道:

"您瞧瞧他,您瞧瞧他,判断判断那段艳情是不是他的经历?"

这工夫,德·内穆尔先生的一时慌乱很快就镇定下来,他看出摆脱如此危险的境地有多重要,顿时控制住自己的思想和表情:

"夫人,"他说道,"我承认,德·沙特尔主教代理对我失信不忠,将我透露给他的我的一位朋友的艳情传出去,叫人不胜惊讶,不胜难过,我一定要报复。"他微笑着说下去,那种平静的神态完全消除了太子妃的疑虑。

他继续说道:

"我那位朋友对我讲的事情非同小可;然而,夫人,我不知道您为什么这样抬举我,将我拉进这段艳情里。主教代理不能说这事与我有关,既然我对他讲的情况恰恰相反。作为一个求爱的男子,我也许够资格,不过,夫人,我认为您不会赋予我得到爱的资格。"

这位王子乐得讲些影射从前他向太子妃流露感情的话,以便转移她可能产生的想法。太子妃也听出了他话中的含义，但是她避而不答，还继续攻击他的窘态。

"我的确一时慌神儿了，夫人，"德·内穆尔公爵答道，"这也是因为关心我的朋友，想到他会严正地责备我竟然把一件比生命还宝贵的秘密传出去。不过，他只向我透露了事情的一半，并没有讲他心上人的姓名。我仅仅知道，他是世界上爱得最深挚、最值得怜悯的人。"

"他已经有人爱了，您还觉得他值得怜悯吗？"太子妃反问道。

"夫人，您认为他有人爱了，"德·内穆尔先生答道，"可是，一个怀有真挚爱情的女子，难道会告诉她丈夫吗？毫无疑问，她不懂得爱；对方对她一片痴情，而她对人家只是略表谢意而已。我的朋友毫无希望，不可能春风得意；不过，他尽管十分不幸，至少还有这样一点欣慰：让那女子害怕爱他，而且，他还不肯拿这种状况，同世上最幸运的情人的状况相交换。"

"您朋友的痴情还真容易满足，"太子妃说道，"我开始相信您所谈的不是您本人的事了。"她继续说道："我差不多同意德·克莱芙夫人的看法，这桩艳情不可能是真的。"

"我的确不相信这是真的,"一直没讲话的德·克莱芙夫人接口说道,"就算有可能是真的,别人又怎么会知道呢?一个能有如此非凡之举的女子,看来不大可能把持不住,自己讲出去;她丈夫呢,看来也不大可能向外传扬,否则的话,他就不是一个值得如此信赖的丈夫了。"

德·内穆尔先生一见德·克莱芙夫人对丈夫起了疑心,就乐得从旁煽风点火。他知道他要摧毁的是最可怕的情敌。

"一个丈夫出于嫉妒,"他接口说道,"再出于好奇,也许要进一步了解妻子对他讲的,就很可能有冒失的举动。"

德·克莱芙夫人用尽了气力和勇气,再也不能支撑这样的谈话,她正要借口身体不适,这时幸好德·瓦朗蒂努瓦公爵夫人走进来;公爵夫人对太子妃说,陛下即刻就到。于是,太子妃回内室更换衣服。德·克莱芙夫人要尾随而去,德·内穆尔先生则趁机凑上前,对她说道:

"夫人,我不要命也得同您谈一谈;我要对您讲的所有的重要事情中,我觉得首要的是恳求您相信,如果我说了些可能涉及太子妃的话,那完全是出于同她无关的原因。"

德·克莱芙夫人佯装没有听见德·内穆尔先生的话,看也不看他一眼就走开了,跟上刚进来的国王。由于人很多,她的长裙给绊了一下,差一点摔倒,随即借机离开她再也没有勇气待下去的地方,装作身体支持不住,便打道回府了。

德·克莱芙先生到了卢浮宫,奇怪没有找见他妻子,听人说她出了点事儿,便当即回府探望。他看见妻子卧在床上,知道伤得并不严重。他在妻子身边待了一会儿,就发觉她极度忧伤,不免感到惊讶。

"您怎么啦,夫人?"他问道,"看来除了您所抱怨的苦恼,还有别的苦恼吧?"

"我真是伤心到了极点,"她答道,"您究竟如何对待我对您非同寻常的信任,确切地说,如何对待我对您的盲目信任的呢?难道不值得为我保守秘密吗?纵然我不配,您为了自身利益,不是也应该这么做吗?您要满足自己的好奇心,了解我不该告诉您的一个姓名,力图发现它,就非得将秘密泄露给外人吗?促使您如此无情地干出这种冒失的事来,也许仅仅是这种好奇心,但是后果却不堪设想。这件事张扬出去了,别人不知道主要涉及我,刚才还向我讲述了。"

"您这是对我说什么,夫人?"丈夫回答道,"您指责我将我们之间说的话讲出去,还告诉我事情已张扬出去啦?泄露没有泄露,我在此不辩解,说什么您也不会相信。别人对您讲的一定是另一个人的事,而您却套在自己身上了。"

"唉!先生,"妻子又说道,"世上就不会另外有一件类似我的事,绝不会另外有个女子能做出我这样的事。这种情况不可能偶然编造出来,凭想象也绝想不出来,除了我,这个念头绝不会在另一个人的头脑里产生。太子妃从头至尾向我讲述了这件事,她是听德·沙特尔主教代理讲的,而主教代理又是从德·内穆尔先生那儿听来的。"

"德·内穆尔先生!"德·克莱芙先生嚷了一声,这举动表明他是多么激动和绝望,"什么!德·内穆尔知道您爱他,也知道我了解此事?"

"您总认定是德·内穆尔先生,而不是另外一个人,"她反驳道,"我对您讲过了,无论您怀疑是谁,我也绝不回答。我不清楚德·内穆尔先生是否知道在这件事里,我扮了什么角色,是否知道您认为他扮了什么角色,但是他向德·沙特尔主教代理讲述了,还说他是听一位朋友讲的,却没有说出那人的姓名。

德·内穆尔先生的那位朋友一定是您的一位朋友,而您想弄清事实,就把秘密泄露给他了。"

"要把这样的秘密告诉朋友,世上有这样的朋友吗?"德·克莱芙先生又说道,"难道为了解开疑团,就不惜向一个外人泄露连自己都不想面对的事吗?您还是想想吧,夫人,您究竟对谁讲过。这件秘密由您传出去,比由我传出去的可能性更大。您陷入这种困境,独自一人难以支撑,就寻求安慰,向一个知心人诉苦,而她却把您出卖了。"

"别再侮辱我了,"她嚷起来,"别再这么狠心,硬把您的过错推到我身上。您还能怀疑是我?我既然能对您讲了,怎么还能告诉外人呢?"

德·克莱芙夫人当时向丈夫承认那种感情,是她极大真诚的表现,现在她坚决否认透露给别人,结果德·克莱芙先生也就没有主意了。他自己这方面,肯定半点也未向外透露;而这种事情,也不可能猜测出来,但外人就是知道了。这样看来,坏事的必定是他俩当中的一个。不过,特别令他痛苦的,还是知道了有人掌握了这个秘密,可能很快就传开了。

德·克莱芙夫人几乎想的是同样的事情。她觉得是丈夫讲出去的,不可能;不是他讲出去的,也同样不可能。德·内穆尔先生就说过，做丈夫的有了好奇心，就会干出冒失的事情；她觉得这话非常符合德·克莱芙先生的情况，而且，这种事情讲出去也不会是偶然的。这样考虑很合情理，于是她确信是德·克莱芙先生辜负了她的信任。他们两个人各自沉浸在冥思苦想中，许久没有开口讲话，即使打破沉默，也只是重复已经说过多少遍的事情；彼此感情和思想越拉越远，越来越糟，到了前所未有的程度。

不难想象，这个夜晚他们是在怎样的状态下度过的。德·克莱芙先生眼看自己钟爱的女子倾慕另一个人，他再怎么感情专一，也抵不住这样的不幸。他的勇气消耗殆尽，他甚至认为，在一件严重损害他的荣誉和声望的事情中，他也不该表现出勇气来。他不知道该如何看待自己的妻子了，也想不出让她怎么做才好，他自己又怎么做才行，他陷入悬崖与深渊的重重包围之中。好长一段时间，他烦躁不安，犹豫不决，后来想到反正自己要去西班牙了，便终于决定不采取任何行动，以免增加别人的猜测，或者进一步了解他的不幸处境。

于是，他去见自己的夫人，对她说关键不是追究他们俩是谁泄了密，而是向外人表明，人们所讲的是一则寓言故事,与她毫无关系;这要由她令德·内穆尔先生和其他人信服这一点,为此她只需对他采取严厉而冷淡的态度就行了,就像对待一个向她表示爱情的男子那样;她通过这种办法,不难打消她对他倾心的看法;这样一来,德·内穆尔先生再怎么想,就丝毫也不必担心了,因为从那往后,假如她没有半点怯懦的表现,他的所有想法便不攻自灭了;还有一点尤为重要,她必须一如既往去卢浮宫,参加各种聚会。

德·克莱芙先生说完这番话,不待妻子答言就走开了。德·克莱芙夫人觉得丈夫的话很有道理,她正对德·内穆尔先生愤愤不已,认为可以轻而易举地照此行事,当然也有难为她的地方:必须参加婚礼的所有仪式,而且表情要平静,思想要从容;可是,她还得给太子妃提裙摆,这是好几位王妃未能得到的殊荣,她若是放弃,势必引起非议,引起种种猜测。于是,她决意努力控制自己,利用白天余下来的时间做思想准备,一任如潮的思绪在脑海里翻腾。她独自关在房间里,所有苦恼的念头,冲击她最猛烈的,还是她有理由埋怨德·内穆尔先生,却无法为他辩解。无可怀疑,这种感情纠葛,正是他告诉主教代理的,他自己也承认了,而且从他说话的神态来看,毫无疑问他知道此事与她有关。这样粗率的行为，怎么能够原谅呢？这位王子一向极为谨慎，曾深深地感动过她，现在怎么完全变了呢？

"那时，他只要认为不走运，就谨言慎行，"德·克莱芙夫人想道，"然而，一想到运气来了，哪怕没有什么把握，立刻就大意起来。他得到对方的爱，就难以想象不让别人知道，于是能讲的全讲出去了。我并未承认我爱的是他，他只是猜测，就把自己的猜测透露出去了。他若是真有确凿的证据，还不是同样往外炫耀。我原以为，世上总有个男人能把得意的事藏在心里，真是大谬不然。我还以为他这个男人与其他男人截然不同，正是为了他，我这个与众不同的女人，落到了同其他女人相像的地步了。我失去了一个能给我幸福的丈夫的心和敬重。用不了多久，我就会被人视为发疯发狂爱恋的女人。我爱上的那个人也知晓了；而我正是为了避免这种不幸，才拿我的全部安宁，甚至我的生命冒险。"

这些伤心的念头，又引出如泉的泪水。不过，如果德·内穆尔先生能令她满意的话，痛苦的压力再大，她也感到自己有力量承受。

这位王子的心情也并不平静。他把事情讲给了主教代理，这种不慎之举及其恶果，给他带来了致命的懊丧。他一想起德·克莱芙夫人的那种窘态、慌乱和伤感，就觉得无地自容。他对她讲了有关这段艳情的一些事儿，虽然说得很文雅，但是在他现在看来却很粗俗，不大礼貌；现在想来，他懊悔不迭，因为那些话向德·克莱芙夫人暗示，他已晓得她就是怀有炽烈的爱的那个女子，而她所爱的人正是他本人。现在他所能祈望的，就是同她谈一谈，然而他感到，与其说盼望，不如说害怕同她交谈。

"我能跟她说什么呢？"他高声地自言自语，"我还说明我已经向她表示得明明白白的事吗？我还让她明白我知道她爱我吗？而我却从来未敢对她说过我爱她呀！我能开始公开向她表白爱情，以便向她显示，我因为有了希望而变得大胆了吗？去接近她，就连这种念头我能产生吗？我敢用目光逼视她，叫她难堪吗？我怎么好为自己辩解呢？我没有一条可谅解的理由，让德·克莱芙夫人理睬，我也不配，我也不会期望她拿正眼瞧我。我以自己的过失，向她提供了抵御我的最好的办法，而她总在想法抵御，也许根本没有找到办法。我由于行事不慎，丧失了赢得世间最可爱、最可敬的女子之爱的幸福和荣耀。不过，假如我丧失了这种幸福，而没有给她增添烦恼，没有给她造成极大的痛苦的话，这对我还算是一种安慰。此刻我感到给她造成的痛苦，比我追求她而自找的痛苦更明显。"

德·内穆尔先生好长一段时间自怨自艾，翻来覆去考虑同样的事情，头脑里总萦绕着渴望同德·克莱芙夫人谈谈的念头，想法子达到目的，甚至想给她写信，可是他终归觉得，自己有了过失，而人家又在气头儿上，最好的做法，还是以忧伤和沉默向她表示深深的敬意，甚至让她看出，他不敢冒昧见她，只等待时间、偶然的时机，以及她对他的倾慕可能出来为他说话。他还决定一句也不责备主教代理的不忠行为，以免加深他的怀疑。

次日举行公主订婚仪式，第三天就举行婚礼，朝廷上下都为此事忙碌；因此，在众人面前，德·克莱芙夫人和德·内穆尔先生都不难掩饰各自的愁苦和忧惧。太子妃见到德·克莱芙夫人，只是顺便提一下她们和德·内穆尔先生的那次谈话；德·克莱芙先生也有意不同妻子谈论过去发生的事，因此，德·克莱芙夫人的处境，倒也不似她事先想象的那样难堪。

订婚仪式在卢浮宫举行，喜宴和舞会之后，王室全体成员照例要去主教府过夜。次日早晨，衣着一向朴素的德·阿尔伯公爵戴上帽形王冠，换了一身缀满宝石的、火红与黑黄色相间的金丝锦缎衣服。德·奥兰治王子也穿上同样华丽的礼服；所有带着随从的西班牙人，都到德·阿尔伯公爵下榻的维尔鲁瓦公馆接他，然后四人一排，朝主教府进发。公爵一到达，大家就按次序走进教堂。国王引着公主走在前面；公主头戴帽形凤冠，裙摆由德·蒙庞西埃和龙格维尔两位小姐提着。随后是没有戴凤冠的王后。跟随王后的有太子妃、御妹长公主、德·洛林夫人和纳瓦尔王后，她们的裙摆都是由王妃提着。各位王后和王妃的女儿们全都衣着华丽，同各自母亲的衣着颜色一致，这样容易让人辨识是哪家府上的千金。大家登上在教堂里搭起的台子，举行婚礼仪式。仪式结束，大家返回主教府用午餐。下午五时左右，他们从主教府出发去王宫，在王宫大摆宴席，邀请了最高法院、御前会议和市政厅的官员参加。国王、各位王后、各位王公和王妃，都在大厅的大理石桌上用餐。德·阿尔伯公爵坐在西班牙新王后的旁边。在大理石桌的下首，国王的右侧，另设一桌宴席，招待各国大使、大主教和骑士团的骑士；另一侧还设一桌，招待最高法院的各位法官大人。

　　德·吉兹公爵身穿鬈毛金线锦缎长袍，他充当国王的司厨总管;孔代亲王则充当面包主管,而德·内穆尔先生充当司酒官。宴席撤了之后,舞会便开始了,中间穿插了芭蕾舞和新奇的表演,然后再接着跳舞;过了午夜,国王和全体朝臣贵妇返回卢浮宫。德·克莱芙夫人尽管面露愁容,但是在众人眼中,尤其在德·内穆尔先生眼中,仍然佳妙无双。婚礼的纷乱场面虽然提供几次交谈的机会,德·内穆尔先生却不敢同她说话;不过在接近她的时候,他让她看出他极度忧伤,显得十分敬畏,尽管他没有讲一句自我辩解的话,她也觉得他没有那么大的罪过了。随后几天,他还是同样表现,在德·克莱芙夫人的心上,也几乎产生了同样的效果。

大比武的日子终于到了。各位王后来到专为她们设的观众看台。擂台四骑士出现在竞技场的一端,率领大批骏马和穿号服的侍从,构成法国前所未见的壮观场面。

国王的旗号只有黑白两色,而且一向如此,这是由于德·瓦朗蒂努瓦公爵夫人为孀妇之故。德·费拉尔先生及其随从的旗号为红黄两色;德·吉兹先生则采用浅红色和白色:起初别人不知选择这种颜色的原因,后来才想起这正是一位美人儿所喜爱的颜色,早年那美人儿当闺女时,他就爱上她了,现在他仍然保留这份爱,但不敢再向人家表露了。德·内穆尔先生选用黄和黑两种颜色,别人究其原因而不可解。德·克莱芙夫人不费劲就猜出来了,她想起当他面说过她喜欢黄色,但遗憾自己长了一头金发,不能再穿黄色衣裙了。这位王子认为可以打这种颜色的旗号,不会显得冒失,因为德·克莱芙夫人肯定不穿黄色衣裙,就没人猜想这是她喜爱的颜色了。

四位擂台骑士技艺精湛,真是前所未见,让观众开了眼。尽管国王是国内最优秀的骑手,但是大家还说不准谁更胜一筹。德·内穆尔先生的一举一动都十分英武,就连不如德·克莱芙夫人那么关注他的人,也被吸引过去了。德·克莱芙夫人一望见这位王子出现在竞技场的另一端,就感到心情无比激动;再观赏他策马奔驰,交手多少回合,最后占了上风,她就掩饰不住内心的喜悦。

傍晚时分,赛事几乎全部结束了,大家准备离场,但是,也该国家遭遇不幸,国王还要比一场长矛对攻。他命令异常敏捷的德·蒙戈梅里伯爵上场。伯爵恳求国王这次就不比了,并找出种种理由推托,然而国王几乎动怒了,传话说非比不可。王后则派人对国王说,她恳请国王不要再跑马了，他已经表现得十分出色，应当满意了，并请求他回到她的身边。国王则回答说，正是出于对她的爱，他才还要赛一场，说罢就进入竞技场。王后又派德·萨瓦先生再次请他回去，但是全归徒劳。国王策马冲击，双方的矛都折断了，德·蒙戈梅里伯爵的长矛碎片刺入国王的眼中。国王当即坠马，他的侍从和德·蒙戈梅里急忙冲上前，见他伤势严重，都大惊失色，然而国王却镇定自若，他说没什么大事，并且原谅了德·蒙戈梅里伯爵。可以想见，本来大喜的日子，却出了如此不幸的事故，人们该有多么慌乱和伤悲。刚把国王安置在床上，外科医生就检查，认为伤势很严重。这时，大总管想起有人曾向国王预言，说他将在同人单独交手中殒命，而这个预言无疑应验了。

当时,西班牙国王正在布鲁塞尔,他获悉这一事故，便把他身边的一位名医派来，可是那位医生也认为国王无望了。

一个朋党相争、利害对立的朝廷，在这样巨大变故的前夕，动荡的程度不会是轻微的。然而，所有的活动都在暗中进行，表面上大家似乎只关心国王的身体。各位王后、王公和王妃，几乎都不离开国王寝宫的前厅。

德·克莱芙夫人知道自己也必须到场,到那儿就会见到德·内穆尔先生,见面时她那副窘态也逃不过丈夫的眼睛;她还知道,这位王子只要到了面前,在她眼里也就自我开脱了,还能摧毁她的全部决心;因此,她就决定干脆装病。宫廷上下一片忙乱,谁也不会去注意她的行止,不会去弄清她是真病还是假病。唯独她丈夫能了解真相,但她认为丈夫知道了倒好。她就这样待在府上,不管正在酝酿的巨大变化,一味想自己的心事,而且有充分的闲暇沉溺其中。朝廷上下都守着国王。德·克莱芙先生有时回府对妻子谈谈情况,他对待妻子的态度一如既往;不过,两个人单独在一起的时候,就显得拘谨一点儿,态度也略微冷淡。他再也没有提起发生过的事情;他妻子也没有这种勇气,甚至认为不宜旧事重提。

德·内穆尔先生本期望找时机同德·克莱芙夫人谈谈,不料连见面的缘分都没有了,他心里十分诧异,也十分难过。

国王的伤势急剧恶化,到了第七天头上,就无药可医了。他知道自己必死无疑了,表现得特别坚强。他正当壮年,生活幸福,受到万民的景仰,得到他倾注一片痴情的一位情妇的爱,正是如日中天的时候,却遭此不测,他能如此坚强地面对死亡,实在令人钦佩。他辞世的前夕,让御妹长公主和德·萨瓦先生完婚,但没有举行仪式。德·瓦朗蒂努瓦公爵夫人处境如何,也不难判断。王后不准她来看国王,还派人去索取她保存的国王的印章和王冠上的宝石。公爵夫人询问国王是否驾崩,当她听到否定的回答时,便对来人说道:

"我还没有主人呢,谁也不能强迫我交出他托付给我的东西。"

国王在图尔奈勒城堡刚一咽气,德·费拉尔公爵、德·吉兹公爵和德·内穆尔公爵就引领王太后、新国王和新王后前往卢浮宫。德·内穆尔先生由王太后挽着手臂。他们开始行进的时候,王太后却后退几步,恭让她的儿媳新王后先行;然而不难看出,这种恭让与其说出于礼仪,还不如说出于敌意。

第四章

洛林红衣主教主宰了王太后的思想。德·沙特尔主教代理完全丧失了她的恩宠,他应当感觉到这种损失有多大,却没有什么感觉,只因他有了自由和对德·马尔蒂格夫人的爱。

在国王伤势危殆的十天里,洛林红衣主教从容计谋,促使王后采取符合他的意图的决定。因此,国王一驾崩,王后就命令大总管为先王守灵,在图尔奈勒城堡主持丧葬仪式。这种差遣使他远离一切国事,剥夺了他的行动自由。大总管派个亲差去见纳瓦尔王,请他火速到京,以便共同遏制吉兹兄弟眼看要升到的高位。军权落到了德·吉兹公爵手中,财权则由洛林红衣主教掌管。德·瓦朗蒂努瓦公爵夫人被逐出宫廷;应召入朝办事的两个人,一个是大总管的公开敌人德·图尔农红衣主教,一个是德·瓦朗蒂努瓦公爵夫人的公开敌人、掌玺大臣奥利维埃。总而言之,朝廷面目全非了。德·吉兹公爵跟嫡系亲王并驾齐驱,在先王的丧礼仪式中,也能给国王提袍了。他们兄弟三人完全成了主子,究其原因,红衣主教固然影响着王太后的思想,但王太后也自有打算,只要觉得他们不安分了,就可以将他们打发走;反之,大总管得到嫡系亲王的支持,轻易是搬不动的。

等到国葬一结束,大总管来到卢浮宫,受到了国王十分冷淡的接待。他本想同国王单独谈一谈,可是国王却把两位吉兹先生召来,当着他们的面劝他去休息,说是财政和军务都已委派给别人了,需要向他垂询时,自然会召他入宫。王太后接见他时,态度比国王还冷淡,甚至责备他曾对先王说,几位王子长相一点也不像父亲。纳瓦尔王入朝,也没有受到好一点的接待。孔代亲王不像他兄长那样能容事,竟然大发怨言,可是抱怨也无济于事,给个差使就打发他远离朝廷,派他去佛兰德签订和约了。对付纳瓦尔王也有办法,给他看一封伪造的西班牙国王的信,信中指责他在西班牙领土上制造事端,这就引起他对自己领地的担心;最后,有人暗示他最好去贝阿尔纳[①]。还是王太后给他一条

[①] 位于法国西南部,旧时的一个省份。

出路，让他陪送伊丽莎白公主，甚至迫使他为公主打前站。这样一来，朝廷里就再也没有人能同吉兹家族的权势抗衡了。

陪送伊丽莎白公主的差使换了人，这对德·克莱芙先生来说虽然是件扫兴的事，但他无法抱怨替代他的人的高贵身份，他遗憾的主要不是这份差使的荣誉，而是携夫人远离朝廷、又不显出有意为之的时机。

国王驾崩过后数日，朝廷就决定去兰斯①给新国王加冕。刚有人谈论这次远行，一直装病而足不出户的德·克莱芙夫人，就请丈夫随宫廷的人前往，而她去库洛米埃呼吸新鲜空气，将养身体。丈夫回答说，他同意，也绝不深究是不是健康的原因她才不能随同前往。这事儿他已拿定主意，也就不难同意了。不管他对妻子的品德有多高的评价，他还是清楚地看到，为慎重起见，最好不让她和她所爱的男人长时间相处。

德·内穆尔先生很快就得知，德·克莱芙夫人不会跟宫廷的人同行，但是他走之前无论如何也要见她一面。于是在启程的前一天，他去登门拜访；为能单独同她会面，他就在礼节容许的限度内尽量晚点去。

---

①法国古城，位于巴黎东面，有著名的兰斯大教堂，法国大部分国王都在那里举行加冕典礼。

也是天从人愿,他走进庭院时,迎面碰见从里面出来的德·奈维尔夫人和德·马尔蒂格夫人,听她们说只有女主人一人在家。他登上台阶时心情激动和慌乱的程度,只有德·克莱芙夫人听仆人说德·内穆尔先生求见时的心情可与之比拟。的确,她当即心慌意乱,既怕他向她表白爱情,又怕自己的回答流露过多的期许;既担心这次拜访给丈夫造成忧虑,又担心自己不好处理:对丈夫讲又不是,隐瞒又不是,一时头脑乱纷纷的,无所适从。她万般无奈,只好做出决定:回避一件也许是她最渴望的事情。她派一名贴身女仆,到前厅向德·内穆尔传话,说她刚刚身体不适,抱歉不能领受他来看望的美意。这位王子不能见德·克莱芙夫人,而且不能见是因为她不愿意让他见,这对他来说有多痛苦啊!次日他就走了,心中再也不抱一丝侥幸的希望。自从在太子妃宫里那次谈话之后,他没有对她说上半句话,现在他有理由相信,他向主教代理透露秘密是个过错,一错便毁了他的全部希望。总而言之,他上路时,种种念头只能加剧一种惨苦的痛悔。

再说德·克莱芙夫人,刚才一想到这位王子来访,就不禁心慌意乱;可是,略微平静下来,她拒绝见面的理由便烟消云散了;她甚至觉得自己犯了个错误,如果她有胆量，或者事情还来得及的话，她很可能派人请他回来。

德·奈维尔夫人和德·马尔蒂格夫人离开她的府邸，又去看望太子妃。德·克莱芙先生正巧也在那里。太子妃问她们从何而来，她们回答说刚从德·克莱芙夫人那儿来，下午有一段时间，她们同许多人就是在那里度过的，她们走时只留下德·内穆尔先生。说者无心，听者有意，德·克莱芙先生立刻警觉了，尽管他想象得出来，德·内穆尔先生常有机会同他妻子说话，但是此刻，这人就在他妻子那里，而且单独在一起，很可能正对他妻子谈情说爱；他一想到这些，就觉得是一种新情况，简直无法容忍，心中顿时燃起空前猛烈的妒火。他在太子妃宫里坐不住了，便起身回府，却不知道回府做什么，是否存心打断德·内穆尔先生的拜访。快到府门前时，他就注意察看，有没有什么迹象表明这位王子还在，看样子人已经走了，他这才松了一口气，想到他可能没有待多久，心里还有点美滋滋的感觉。他甚至想，自己应当嫉妒的人，也许不是德·内穆尔先生；他虽然确信无疑，现在却想找出些疑点；然而发生了那么多事情，他不能不确信，因此，他渴望的这种无法确定的态度不会持续多久。

他首先走进妻子的房间，谈了一会儿无关紧要的事情之后，就禁不住问她干了些什么，见了什么人；妻子都一一对他讲出。他注意到她根本没提德·内穆尔先生，就声音有点颤抖地问她，是否只见到这些人，好给她机会讲出这位王子的姓名，免除她耍心眼儿给他造成的痛苦。可是她没有见到人，也就没有向他提起人家；德·克莱芙先生声调颇伤感地又问道：

"那么德·内穆尔先生呢，您没有见到他，还是把他遗忘了呢？"

"我确实没见到他，"他妻子回答，"当时我身体不舒服，就派一名贴身女仆去向他道歉。"

"只有他来拜访，您的身体才不舒服，"德·克莱芙先生接口说道，"既然您见了所有人，对待德·内穆尔先生为什么要特殊呢？为什么在您看来，他不同于一般人呢？为什么您非得害怕见他呢？为什么您要让他看出您怕见他呢？为什么您要让他了解，您在运用他的爱赋予您的权利呢？您若是不知道他能区分无礼和您的严厉态度，还敢于拒绝见他吗？然而，您何必对他采取严厉态度呢？像您这样一个人，夫人，除了淡然处之，其他任何态度都等于暗送秋波。"

"不管您怎样怀疑德·内穆尔先生，"德·克莱芙夫人又说道,"我认为您总不能怪我不见他吧?"

"我还是责备您,夫人,"丈夫反驳道,"这些责备是有根有据的。如果他什么也没有对您说过,您为什么不见他呢?是的,夫人,他对您谈了。如果他仅仅以沉默来向您表达痴情,这种感情就不可能给您造成这么大的影响。您未能把全部真相告诉我,大部分向我隐瞒了;您向我承认那么一点甚至后悔了,没有勇气讲下去。我比原来估计的还要不幸,我成为世间最不幸的男子。您是我的妻子,而我就像对待情人那样爱您,可是我却看见您爱上另一个男人。他天天能同您见面,还知道您爱他。唉!"他提高声音说,"我原以为您能战胜对他的感情。看来,我完全丧失了理智,竟然相信您能做得到。"

"我不知道您是否错了,"德·克莱芙夫人又伤心地说道,"该不该肯定我这样非同寻常的方式;我也不知道自己是否错了,该不该相信您会正确对待我。"

"不必怀疑了,"德·克莱芙先生立刻接口道,"您就是想错了:您期待我的事情不可能,我期待您的事情也不可能。您怎么还能希望我会保持理智呢?我发狂地爱您,我还是您的丈夫,难道您忘了吗?这两者以哪一种身份,都可能干出极端的事儿来,两者合起来,还有干不出来的事情吗？哼！"他继续说道，"什么事情都能干出来！我只有强烈的、自己也把握不住的感情。我再也配不上您了，但是也觉得您同样配不上我了。我爱您，我恨您；我还冒犯您，在此请求您原谅；我钦佩您，又因钦佩您而感到羞愧。总而言之，我身上再也没有平静和理智了。自从您在库洛米埃对我谈过之后，自从那天您在太子妃宫中得知您的事传出去之后，我不知道自己还怎么能活着。我弄不清这事从哪儿传出去的，也弄不清在这事上，您和德·内穆尔先生之间究竟发生了什么；您永远也不会向我解释明白，我也绝不要求您向我解释。我仅仅请您不要忘记，是您把我变成世上最不幸的男人。"

这番话说罢，德·克莱芙先生就离开妻子的房间，次日没有来见她就启程了。不过，他还是给她写了一封充满伤感、诚信和温情的信。她也回了一封信，回信极其动人，信誓旦旦，保证她过去的和将来的行为，而且，她的保证全是以事实为依据，确实表达了她的感情，因此，这封信对德·克莱芙先生起了作用，给他的心情带来了几分平静；再加上德·内穆尔先生和他一同陪伴国王，没有和德·克莱芙夫人在同一地方，他确知这一点，也就安心多了。

这位王妃每次同丈夫谈话时，丈夫对她表明的那种痴情，行为那样的光明磊落，以及她对丈夫的友谊和歉疚，这些都在她心中起了作用，冲淡了德·内穆尔先生的影像；然而，这种情况仅能持续一小段时间，他的影像很快又重现，而且比以往更加鲜明，更加贴近了。

这位王子走后的最初几天，德·克莱芙夫人几乎没有什么感觉，后来才觉出别离之苦。自从爱上他之后，哪一天她都怕见到他，或者希望见到他；现在想到连偶然遇见他的机会都没有了，心里就难受极了。

她动身去库洛米埃，临行时还特别嘱咐，将那些复制的大幅油画带去。原画是德·瓦朗蒂努瓦公爵夫人请人画的，为装饰她在阿奈的漂亮别墅；画中表现了先王在位时的历次著名事件，其中有麦茨之围①，战功卓著者均画在上面，而且惟妙惟肖，德·内穆尔先生也在其中。也许是这个缘故，德·克莱芙夫人才要把画带上。

德·马尔蒂格夫人也未能随朝廷去兰斯，她答应德·克莱芙夫人去库洛米埃小住几日。她们都是王后

---

①法国国王亨利二世继续同德国皇帝查理五世作战，一五五二年战胜查理五世的军队，夺取了麦茨等三个主教区。

的红人,但彼此毫无嫉妒之心,更没有疏远之意。二人虽是朋友,但彼此并没有倾吐各自的私情。德·克莱芙夫人知道德·马尔蒂格夫人爱着主教代理;反过来,德·马尔蒂格夫人却不知道德·克莱芙夫人爱上了德·内穆尔先生,也不知道对方也爱这位夫人。德·克莱芙夫人是主教代理的侄女,在德·马尔蒂格夫人看来就显得亲近;而德·克莱芙夫人也喜欢她,因为她们都怀着同样炽烈的爱,她们的情人又是两个知心朋友。

德·马尔蒂格夫人按照许诺,到库洛米埃来会德·克莱芙夫人,发现这位王妃生活十分孤寂,她甚至想方设法处于完全孤独的状态,晚上待在花园里也不让仆人陪伴。她来到德·内穆尔先生曾经偷听她谈话的小楼,走进朝向花园的房间,让侍女和仆人待在另一间屋里,或者待在楼前,听她招呼才能进去。德·马尔蒂格夫人从未来过库洛米埃,到这里一看十分惊讶,觉得处处美不胜收,尤其小楼特别秀美宜人。每到晚上,德·克莱芙夫人都和她在小楼里度过。两个年轻女子都怀着炽烈的爱情,她们在这世间最美的地方,悠闲自在,有说不完的话题,尽管没有真正交心,但是在一起闲聊也十分快活。

德·马尔蒂格夫人若不是要去主教代理所在的地

方，她还真舍不得离开库洛米埃。满朝文武官员都在香堡，她就动身去了那里。

洛林红衣主教主持了在兰斯举行的加冕典礼，然后，夏季余下的日子，国王和满朝文武就要在新建成的香堡度过。王后又见到德·马尔蒂格夫人，显得非常高兴，关切地询问一阵之后，又打听德·克莱芙夫人的情况，问她在乡间做什么。德·内穆尔先生和德·克莱芙先生都在座。德·马尔蒂格夫人赞不绝口，觉得库洛米埃美极了，她还详尽地描述了树林边上的那座小楼，以及德·克莱芙夫人夜晚独自散步的乐趣。德·内穆尔先生相当熟悉那个地方，自然明白德·马尔蒂格夫人介绍的情况，他暗自打主意，到那里去会德·克莱芙夫人，倒是可行的，不会被人发现。于是，他又向德·马尔蒂格夫人提了几个问题，以便再弄清楚一些。德·克莱芙先生在德·马尔蒂格夫人讲述的时候，就一直注视他，此刻他认为看出他脑子里在想什么，听他提出的问题，就更证实了这种想法，毫不怀疑这位王子在打算去见他妻子。他的猜测没有错。德·内穆尔先生打定了主意，连夜考虑了实施的办法，次日一早找了个借口，向国王请假去巴黎了。

德·内穆尔先生此行的真正意图，德·克莱芙先生已毫不怀疑了；不过，他也决定弄清妻子的行为，免得自己总受狐疑不定的折磨。他很想与德·内穆尔先生同时出发，暗暗跟踪，亲自察看对方此行能获得多大成功；可又担心他突然离去会显得异乎寻常，而德·内穆尔先生接到警报，可能会采取别的措施，于是他决定把此事托付给一个心腹。他完全了解这个世家子弟的忠诚和智慧，向他讲述了自己的为难处境，介绍了迄今为止德·克莱芙夫人的品德如何，嘱咐他紧紧跟踪德·内穆尔先生，仔细观察，看看他是不是前往库洛米埃，是不是趁黑夜潜入花园。

此人执行这样一种差使胜任有余，果然出色地完成了任务，那种一丝不苟的态度超出了想象。他尾随德·内穆尔先生，到了距库洛米埃有半法里的一个村庄，这位王子便停下了。跟踪者不难猜出他是要在村子里等待天黑，认为自己不宜在此等待，便走过村子，进入树林，停到他认为德·内穆尔先生必经之地。他的判断一点没错。夜幕刚刚降临，他就听见脚步声。虽然周围一片黑暗，他还是一眼就看出那正是德·内穆尔先生；只见他围着花园转了转，仿佛听听是否有人，并且选择最容易潜入的地方。绿篱非常高，里面还有一道栅栏，就是要防止外人闯入，因此很难钻进去。

然而,德·内穆尔先生最终还是进去了。他一进入花园,就不难辨清德·克莱芙夫人所在的地方。他望见那间屋灯火通明,所有窗户都敞着;他沿着栅栏接近小楼,那种慌乱和激动的心情可想而知。他躲到一扇当作门用的落地窗后面,要瞧瞧德·克莱芙夫人在做什么;只见她独自一人,那绝色的容貌能把人的魂儿勾走,他勉强控制住感情的冲动。天气炎热,她的头上胸前毫无遮饰;只有挽得松松的秀发。她坐在一张躺椅上,面前有一张桌子,摆了好几只花篮。德·内穆尔先生发现,她选择并装满花篮的绸带,与他在比武场上旗号的颜色相同。他还看见她往一根印度手杖上扎花结,而那根手杖很奇特,他曾用过一段时间,后来给了他姐姐,德·克莱芙夫人从他姐姐那里拿了手杖,又佯装没有认出当初是德·内穆尔先生的。她脸上洋溢着优雅和温存的神色,这自然是她内心感情的流露;她做完这件事,便拿起一支烛台,走到一张大桌子前,面对大幅油画《麦茨之围》坐下,开始凝视画面上德·内穆尔先生的形象,看得那样专注和忘情,唯有出于深情才能有这种神态。

  此刻德·内穆尔先生的感觉,真是难以描摹。寂静的夜晚,在世间最美的地方,看见自己心爱的女子,看见她,而她却毫无觉察,看见她做的事都与他有关,与她向他掩饰的情爱有关,这是任何别的情人从未领略过、也绝难想象出来的。

因此,这位王子简直呆若木鸡,一动不动地看着德·克莱芙夫人,也不想想这时刻对他有多么宝贵。等到略微回过神儿来,他才想到自己应当等她到花园来,才有同她说话的机会,认为这样更保险些,因为贴身侍女会离她更远。然而,看看她一直待在房间里,他便决定干脆进去,但是要行动的时候,心情又多么慌乱啊!多怕惹她不快啊!多怕看到这张无限温柔的脸突然变色,变得满面严峻和恼怒啊!

他觉得自己前来,暗中看看德·克莱芙夫人倒还罢了,若想同她相见,那就未免太荒唐了。现在,他正视了还没有细察的种种方面,觉得半夜三更,突然闯进去,看一位从未听他表白过爱的女子,就实在太唐突了。他还想到,他不能期望人家肯听他讲,人家要恼怒也是正常的,他此举给人家带来多大风险,可能连带发生种种意外。这样一想,他就完全泄气了,几次打定主意不见面就返回。然而,他还总不死心,渴望谈一谈,而且看到的情景又给了他希望,他就不由得朝前走几步;可是心慌极了,他扎的一条领巾挂在窗户上，弄出了响动。德·克莱芙夫人扭过头来，也许她脑海里充满他的影像，也许他处于有光亮的地方，能让她看清楚，总之，她觉得认出是他，就毫不犹豫，也没有转向他那边，急忙起身走进侍女们待的房间，神色那么慌张，只好极力掩饰，说她身体不适，这样讲也是为了让仆人都忙着照顾她，好容德·内穆尔先生有抽身的时间。她稍微考虑一下之后，倒觉得弄错了，她以为见到了德·内穆尔先生，恐怕是她的想象引起的幻觉。她知道德·内穆尔先生在香堡；他根本不可能如此胆大妄为。她几次都想回到原来房间，去花园看看是否有人。也许她既怕见到，又渴望在花园见到德·内穆尔先生；想来想去，理智和谨慎终于战胜所有其他感情，她认为还是存疑为好，不必冒险去弄个水落石出。她久久不决，不敢离开原地，心想这位王子也许就在附近，等她回到别墅时，天快要亮了。

只要望见灯光，德·内穆尔先生就守在花园里，他虽然确信德·克莱芙夫人认出他了，并且只为躲避他才出屋，但还是希望能再见到她；直到仆人将门都关上了，他才看明白毫无指望了，回去又骑上马，殊不知德·克莱芙先生派去的人就守候在附近，又跟踪到他昨晚离开的那个村子。

德·内穆尔先生决定白天就待在村子里,夜晚再去库洛米埃,看看德·克莱芙夫人是否还那么狠心逃避他,或者根本不让他见到。尽管他心里着实欢喜,发现她一直在思慕他,但他还是很伤心,毕竟她逃避之举极其自然。

这位王子此刻的爱,从未达到如此缠绵而炽烈的程度。他藏身的房舍后边有条小溪,他就沿溪边的柳树走去,走得远远的,免得别人瞧见或听见;他这才让在心间冲荡翻腾、难以控制的爱情发泄出来,不禁潸然泪下;这洒落的眼泪不仅仅包含痛苦,还掺杂着柔情蜜意,以及唯独爱情才有的甜美。

他开始回顾自从爱上德·克莱芙夫人之后,她的种种表现:她虽然爱他,但是对他又一贯那么冷峻,同时又显得庄重而谦和。

"不管怎么说,"他自言自语,"她还是爱我的,这一点我不能怀疑,就是海誓山盟,就是最深情的秋波,也没有她所表示的那么真实可信。然而,我总是受到同样的冷遇,就好像她憎恨我一样;我曾把希望寄托在时间上,可是现在什么也期待不上了;在我看来,她始终既提防我,也提防她自己。假如她根本不爱我,我还可以想法儿讨她欢心,可是我得到了她的欢心,她爱我,却又向我掩饰。我还能有什么指望呢?我能等待命运出现什么转机呢?什么!我得到了世间最可爱的女子的爱,一旦确认这种爱就堕入了情网,而我堕入情网,却只为更深地体味受冷遇的痛苦!"

他开始高声感叹:

"美丽的王妃啊,向我表露您爱我吧,向我表露您的感情吧。您的这种感情,在我一生中哪怕向我表露一次,那么您再永远用冷峻严厉的态度折磨我,我也心甘情愿啊!昨晚我窥见您注视我的画像,您至少以同样的目光看看我呀!您那么温柔地注视我的画像,怎么可能如此残忍地躲避我呢?您怕什么呢?为什么我的爱令您如此恐惧呢?您爱我,您再掩饰这种爱也是徒劳的;您本人就不由自主地向我表露出来了。我知道自己的幸福,让我享受这种幸福,别再让我感到不幸了。"

他又继续说道:

"我得到了德·克莱芙夫人的爱,怎么可能还感到不幸呢?昨天夜晚她多美啊!我怎么能克制住自己,没有投在她的脚下呢?我倘若真那么做了,也许就能阻止她逃避我了,我完全尊重她,会让她放心的;不过,也许她并没有认出是我,我不该这么伤心,在那么晚的夜间,猛然瞧见一个男人,当然把她吓坏了。"

整整一天,这些想法就在德·内穆尔先生头脑里萦绕。他焦急地等待着夜晚来临。一到天黑,他就又踏上去库洛米埃的路。德·克莱芙先生的心腹已化了装,以免引起德·内穆尔先生的注意,他一路跟踪,又到了头天晚上跟到的地点,望见德·内穆尔先生又溜进那座花园。

这位王子很快就明白,德·克莱芙夫人不愿意疏忽,谨防他再试图来窥视她:所有门都关上了。他绕来绕去,想发现有没有灯光,结果一无所获。

德·克莱芙夫人早就料到,德·内穆尔先生还会去而复返,于是就待在自己的房间里,唯恐自己到时候没有勇气逃避他;她不愿意抱侥幸心理,认为在这种地方同他见面说话,不大符合她一贯的举止行为。

德·内穆尔先生虽然毫无希望一见,也不甘心这么早就离开她常逗留的地方。他就在花园里过了一整夜,至少看见她每天所见的景物,也算多少找到点安慰。太阳升起来了,他还不想离去,但是怕被人发现,最终不得不走了。

他觉得不同德·克莱芙夫人见一面,就这么走了,简直不可思议；于是，他便去德·梅尔克尔夫人的家。德·梅尔克尔夫人的乡间别墅离库洛米埃很近，她见弟弟到来，感到十分意外。德·内穆尔先生煞有介事，为此行编造一个理由，倒也不难骗过她，而且，他的意图贯彻得十分巧妙，最后引导姐姐主动提议去拜访德·克莱芙夫人。这个建议当天就实施了，德·内穆尔先生对他姐姐说，他要在库洛米埃同她分手，乘坐驿车回去见国王。他这种打算就是让姐姐先走，他则自以为找到了同德·克莱芙夫人一谈的万无一失的办法。

姐弟二人到达时，德·克莱芙夫人正在花坛边的宽径上散步。她一见德·内穆尔先生，顿时心慌起来，不再怀疑前天夜晚所见的人正是他；一旦确信这一点，她便面露愠色，怪他的举动太大胆，太鲁莽了。这位王子注意到她脸上冷淡的表情，不禁一阵心痛。他们谈些无足轻重的事情，然而，他还是巧舌如簧，表现出十足的智慧，对德·克莱芙夫人无比殷勤和敬慕，使得她开头的冷淡态度不由自主地减少了几分。

德·内穆尔先生开头战战兢兢，感到稍微镇定一点之后，他就表现出极大的好奇，要去欣赏树林边上的小楼，说那是世间最赏心悦目的地方，甚至描绘得惟妙惟肖；德·梅尔克尔夫人听了不禁说道，他必定是来了好几回，才如此熟悉所有美妙之处。

"我看不然，"德·克莱芙夫人接口道，"德·内穆尔先生没有进去过，那小楼建造好了没多久。"

"我也是不久前才去过，"德·内穆尔先生目光注视她，应声说道，"您在那里见过我，还居然忘了，真不知道我该不该生气。"

德·梅尔克尔夫人在观赏花园的美景，没有注意听她弟弟说什么。德·克莱芙夫人脸红了，垂下眼睛，不再看德·内穆尔先生。

"我可不记得在那里见过您，"她对德·内穆尔先生说，"您即使去过，也没有让我知道。"

"不错，夫人，"德·内穆尔先生答道，"我没有您的命令就去了，在那里度过了我一生中最甜美又最惨痛的时刻。"

德·克莱芙夫人完全明白这位王子的话，但是她一声也不回答，只是想如何阻止德·梅尔克尔夫人进那房间，不愿意让这位夫人看见摆在那儿的德·内穆尔先生的画像。她十分巧妙地周旋，不知不觉中将时间消磨过去，德·梅尔克尔夫人提出要回去了。可是，德·克莱芙夫人一看德·内穆尔先生不同他姐姐一起走,心下就明白自己要面临什么危险,又要陷入在巴黎有过的难堪处境,于是就采取了同样的对策。她下这样的决心,还有一层重要原因,就是德·内穆尔先生这次来访,又会加深她丈夫的怀疑;为了避免德·内穆尔先生单独留下,她就对德·梅尔克尔夫人说,要把她一直送到树林边上,随即吩咐下人套车送行。这位王子见德·克莱芙夫人对他一直采取冷峻的态度,不禁心如刀绞,面失血色。德·梅尔克尔夫人问他是不是不舒服,他却瞥了德·克莱芙夫人一眼,但没让任何人看见,他用眼神向她表明,他无非是痛苦绝望。他无可奈何,眼看她们出发,自己却不敢跟随;他有话在先,就不能和姐姐一道回去了,只好返回巴黎,次日又从巴黎上路。

德·克莱芙先生的心腹一直监视他的行动,他也回到巴黎,又见德·内穆尔先生启程去香堡;他就乘驿车,要赶在前头到达,好去汇报这趟旅行的情况。他的主人正等他返回,就好像等待决定他终生不幸的事情。

德·克莱芙先生一看见他,便从他的脸色和沉默上断定,他要告诉自己的只是些坏消息。这位王子悲痛万分,垂下头半晌未说话,最后才摆摆手,示意他离去：

"好啦，"他对心腹说道，"我看出您要对我说什么，可是，我没有勇气听您讲了。"

"我也没有什么可以禀报的，"世家子弟回答，"无法做出明确的判断。不错，接连两个夜晚，德·内穆尔先生进入树林边的花园，第三天，他还同德·梅尔克尔夫人去了库洛米埃。"

"这就够了，够了，"德·克莱芙先生接口说道，"用不着进一步说明了。"

这位世家子弟见主人悲痛欲绝，爱莫能助，只好离去。也许世间从未有过更为惨苦的绝望，而像德·克莱芙先生这样英勇无畏而又多情的男子，同时感到情妇的不忠和妻子的背叛的双重痛苦者，恐怕寥寥无几。

德·克莱芙先生经受不住这样的打击，当天夜里就发烧了，而且病势来得凶猛，一开始就危及生命。德·克莱芙夫人得到信，就火速赶来。她到达的时候，他的病情又恶化了，她觉得丈夫对她的态度冷冰冰的，感到极其惊讶和伤心。她甚至看出，丈夫接受她的服侍也十分勉强，不过她想到，也许这是他患病的缘故。

当时朝廷的人都在布鲁瓦，德·克莱芙夫人刚到那里，德·内穆尔先生就知道了，知道她和自己同在一地，不禁喜出望外。他总想见她，便借口探病，每天往德·克莱芙先生那里跑，可是枉费心机。德·克莱芙夫人根本不出丈夫的房间，她看到丈夫病成这样，真是心如刀绞。德·内穆尔先生见她如此伤心，又大失所望：不难判断，这种伤心会大大唤起她对德·克莱芙先生的友谊，而这种友谊又多么危险，会大大钳制她心中强烈的爱。这种想法，在一段时间使他黯然销魂；不过，德·克莱芙先生命在旦夕，又为他展现新的希望。在他看来，德·克莱芙夫人也许会自由地顺随内心的倾慕，而他在将来可能得到一连串幸福和欢乐。他不能照这样想下去了，一想就极度慌乱，又极度冲动；他要把这种想法从头脑里赶走，只怕一旦希望破灭，他就太不幸了。

这期间，医生差不多都认为，德·克莱芙先生无法医治了。在病危期间，他熬过了一个病痛之夜，到了清晨，说是想休息一下。德·克莱芙夫人独自留在身边，她看出丈夫焦躁不安，并没有休息，于是上前跪到病榻边，已是泪流满面了。德·克莱芙先生决意不向她表露内心的悲愤；然而，妻子对他精心护理，她的哀痛有时显得是真挚的，有时又似矫饰和伪诈的表象，这引起他极为痛苦、极其矛盾的心理，无论如何也遮掩不住了。

"为了您造成的死亡，夫人，"他对妻子说道，"您流了多少眼泪，其实，要命之人并不能引起您所表现的痛苦。我已经无力责备您了，"他继续说道，因病痛和哀痛而声音异常微弱，"不过要知道，我的死因，正是您给我造成的惨苦。您在库洛米埃向我做的表白，是一种非凡之举，但是怎么不能贯彻始终呢？如果您的品德抵御不住的话，您又何必向我披露您对德·内穆尔先生的倾慕呢？我爱您到了不惜受骗的程度，我承认这点实在感到羞愧。我真遗憾，您不该把我从虚假的安宁中拉出来，您怎么不让我待在许多丈夫都享受的盲目的安宁中呢？那样的话，也许我终生都不知晓您爱上了德·内穆尔先生。"

他接着又说道：

"我就要死了，不过要知道，由于您的缘故，死对我才是一种解脱，正是您打消了我对您的尊重和深情之后，生活对我才是可怕的。我怎么打发生活呢？"他继续说道，"难道就同我深深爱着的、又被她残忍欺骗的人生活吗？难道要违背我的性情和我对您的深情，大吵大闹，最后分居吗？夫人，我对您的爱，远远超过您所见到的；我向您掩饰了大部分，怕自己的行为不像个做丈夫的，惹您发烦，或者多少丧失一点您的尊重。总而言之，我配得上您这颗心，再说一次，我死而无憾，既然我未能得到这颗心，就不可能再有什么期望了。永别了，夫人，终有一天，您会痛惜丧失一个既真心又合法爱您的男人；您会感到理智的人在恋爱方面所产生的忧伤，也会认识到我对您的爱和别人对您的爱的差异，须知别人向您表示爱情，仅仅为了追求令您迷恋的虚荣。"

他补充说道：

"不过，我一死，您就自由了，可以让德·内穆尔先生幸福，还不算是罪过。等到我人都不在了，还管他发生什么事情！难道我就那么脆弱，非得顾念吗？"

德·克莱芙夫人万万没有想到，丈夫对她怀疑到这种程度，她都不明白他在说什么，只能想到丈夫是指责她对德·内穆尔先生的倾慕；她终于从茫然中醒悟过来：

"我，罪过！"她高声说道，"我连个念头都没有。最恪守妇道的人，也不过跟我的行为一样。我从来没有做您不希望看到的事。"

"难道您希望我看到，您同德·内穆尔先生一起过夜吗?"德·克莱芙先生轻蔑地注视她,反驳道,"噢!夫人,我说一个女人同一个男人过夜,指的是您吗?"

"不是,先生,"她也反驳道,"您指的当然不是我。我和德·内穆尔先生从未一起过夜,也从未在一起待过。他从来没有单独会见我;我也绝不容许单独见面,听他谈话,对什么我都敢起誓。"

"不要说下去了,"德·克莱芙先生接口说道,"假誓言和真承认,也许同样令我难过。"

德·克莱芙夫人痛苦极了,泣不成声,一时答不上话来;她终于振作一下,又说道:

"您至少看我一眼,听我说两句。假如只牵涉我本人,我可以容忍这种责备;然而,这关系到您的性命啊。您就为了自爱吧,也要听我说一说:有这么多事实证明我是清白的,我就不可能说服不了您。"

"但愿您能说服我相信您是清白的!"德·克莱芙先生高声说道,"然而,您能对我说什么呢?德·内穆尔先生没有同他姐姐去库洛米埃吗?在那之前两个夜晚,他不是同您在树林边上的花园里度过的吗?"

"如果说这就是我的罪过,"她回答说,"我倒不难为自己辩白了。我绝不要求您相信我的话,但是,您总得相信您的所有仆人,问问他们就知道了,在德·内穆尔先生到库洛米埃拜访的前一天晚上,我是否去了树林边上的花园,我是不是比平常早离开两小时。"

接着,她向丈夫讲述她如何觉得花园里有人。她向他承认,她认为那人就是德·内穆尔先生。她讲得十分坦然肯定,而且,事实哪怕有些不可思议,也极容易令人信服,因此,德·克莱芙先生基本上相信她是清白的了。

"我不知道是否就此应当相信您,"德·克莱芙先生对她说道,"我觉得命不保夕了,不愿意再看到任何令我留恋人生的事。您向我澄清,可又太迟了;不过,带着您无愧于我对您敬重的念头走了,这对我总还是一种欣慰。我请求您再给我一种安慰,让我相信您会怀念我的,让我相信如果取决于您的话,您会对我怀有您对另外一个人那样的感情。"

他还想说下去,可是一阵虚脱打断了他的话。德·克莱芙夫人赶紧派人请来医生,他们来诊断时患者几乎断气了。然而,他还弥留了几天,临终时非常从容。

德·克莱芙夫人悲痛欲绝,几乎失去理智了。王后关切地来看她,把她带进一所修道院,她都不晓得到了什么地方。她的姑嫂把她带回巴黎,她还是处于麻木状态,不能清晰地感到痛苦。等到渐渐有了气力面对痛苦时,看到自己失去了多好的丈夫,而自己就是他的死因,自己对另一个人产生的倾慕导致了他的死亡。她一意识到这些,便痛恨起自己,痛恨起德·内穆尔先生来,激烈的程度简直难以描摹。

开始的阶段,这位王子除了必要的礼节,不敢多表示几分关怀。他相当了解德·克莱芙夫人,知道态度过分殷勤,反而惹她讨厌;而且,从他随后了解的情况来看,他这种态度要持续很长时间。

他的一名侍从是德·克莱芙先生的那个心腹的密友,这名侍从对德·内穆尔先生说,那个心腹痛失主人后曾告诉他,德·内穆尔先生的库洛米埃之行,是德·克莱芙先生的死因。德·内穆尔先生听了这种话,感到万分诧异;不过,这情况他考虑一下之后,倒觉得一部分属实。他能判断出来,刚一出事德·克莱芙夫人的情绪如何,假如她认为丈夫的病是由妒恨引起的,她会远远避开他的。他甚至认为,最好不要急于在她面前提起自己的名字;他觉得这样做不管多难,也要勉力为之。

他回巴黎一趟,还是忍不住去府上探望德·克莱芙夫人。仆人告诉他,谁也见不到她,来了客人,她甚至不准下人禀报。这种十分明确的指令,也许是针对这位王子而发的,免得听人提起他。德·内穆尔先生爱得太深挚,完全见不到德·克莱芙夫人的面就无法生活。这种局面绝难忍受,不管有多大困难,他也决意要设法摆脱。

德·克莱芙王妃的悲痛超出了理智的限度。丈夫对她一片深情,却因她而死,丈夫临终的形象始终不离她的脑海。她总是回顾欠丈夫的各种恩情,认为自己对他爱得不深是一种罪过,就好像感情的事儿她能把握似的。她的唯一安慰,就是想到她怀念一位值得怀念的丈夫,而她的余生也只做丈夫活着会高兴见到的事情。

她多次思索,丈夫是如何知道德·内穆尔先生去过库洛米埃的,无疑是这位王子自己讲出去的;现在她觉得,是不是他讲的已无所谓了,自己完全克服并摒弃了原先对他的爱恋。然而,她一想象是他导致丈夫的死亡,就感到一阵剧痛,难过地想起丈夫临终时对她表示的担心,怕她嫁给他;不过,这种种痛苦都汇入丧夫之痛里,她就以为没有别种痛苦了。

过了几个月,她走出了极痛深悲的状态,转为忧伤而消沉了。德·马尔蒂格夫人旅行到巴黎,在逗留期间关切地来看望,对她谈了朝廷以及朝廷里发生的各种事情;尽管德·克莱芙夫人对此似乎不感兴趣,德·马尔蒂格夫人还是讲下去,以便给她解解闷儿。

她谈到主教代理、德·吉兹先生的情况,还谈到其他所有人品或才智出众者的情况。

"至于德·内穆尔先生嘛,"她说道,"我不知道在他的内心,事业是否取代了男女私情的位置;不过,他的确不如往常那么快活了,仿佛抽身,不同女子打交道了。他常来巴黎,我甚至想,眼下他就在巴黎。"

听到德·内穆尔先生的名字,德·克莱芙夫人心里一惊,不觉脸红了,当即岔开话题。德·马尔蒂格夫人丝毫也没有觉察她的慌乱。

次日,这位王妃想找点适于自己心境的事儿来做,就去附近一名特殊丝织品的工匠那里,看看自己能不能照样做一做。工匠给她看了织物,她见还有一间屋子,以为里面也放着织物,就让主人打开房门。主人回答说没有钥匙,那屋租给一个男子,那人有时白天来,要画窗外所见的美丽房舍和花园。

"那是个上等人,长得非常英俊,"工匠接着说道,"看样子他不是为生活操劳的人。每次他来这里,我看见他总望着那些房舍和花园,但从未见他动手绘画。"

这些话德·克莱芙夫人听得非常认真。德·马尔蒂格夫人对她说过,德·内穆尔先生有时来巴黎,这话在她的想象中,和那个来到她家附近的美男子联系起来,她便想到德·内穆尔先生,准是他执意要看她,这样一想,心里就不禁一阵慌乱,连她自己也莫名其妙。她走向窗户,看看朝向什么地方,发现从窗口能望见她的整个花园和她那住宅的正面。她回家来到自己的房间,也不难看到她刚听说那男子时常去的房间的窗户。一想到那人准是德·内穆尔先生,她的整个思想境界就完全变了,刚开始体味的一点可怜的安宁消失了,又感到不安和烦躁起来。不能再这样胡思乱想,她于是出门,去市郊花园散散步,心想去那儿就没人打扰了;到那儿一看,自己的想法不错,没有发现有人的迹象,便独自散步,走了好长一段时间。

她穿过一小片树林,望见路径尽头最幽静之处有一个凉亭,便信步走去,到了近前发现一个男子躺在长椅子上,似乎陷入了沉思。她认出那是德·内穆尔先生,就猛地停下脚步,而跟在后面的仆人便发出些声响,把德·内穆尔先生从沉思中惊醒。他听见声响,却看也不看是什么人弄出来的,从长椅上起身,要回避朝他走来的一群人,深深地鞠了一躬,甚至没有看见自己向谁致意，就转身走上另一条路径。

他若是知晓自己躲避的是什么人，会怀着多大的热忱返身回来啊！然而，他沿着小径走远，德·克莱芙夫人看见他从后门出去，他的马车在门外等候。这匆匆一见，在德·克莱芙夫人心中产生了多大反响啊！她心中沉睡的激情又多么猛烈地燃烧起来！她走过去，坐到德·内穆尔刚刚离开的位置，仿佛疲惫不堪似地待在那里。这位王子的形象又浮现在她脑海中，比世上什么都更可爱，很久以来他就爱她，对她满怀敬意和忠诚，为了她而蔑视一切，甚至尊重她的痛苦，只想见她而不求相见，离开了给他带去极大欢乐的宫廷，来看幽闭她的高墙，到这种不能指望遇见她的地方来沉思冥想；总而言之，这是个爱情专一而值得爱的男人，她对他万分倾慕，纵使他不爱她，她也会爱上他的；不仅如此，他还是个品德高尚、与她的人品般配的男人。现在，阻碍她感情的义务和德操都已不复存在，一切障碍都已清除，他们过去的状况，就只剩下德·内穆尔先生对她的爱，以及她对德·内穆尔先生的爱了。

所有这些念头，对这位王妃来说都是新的。对德·克莱芙先生的哀悼，一直占据她的心，不容她把目光投向这类念头。随着德·内穆尔先生的出现，这种念头在她头脑里大量涌现了。然而，就在满脑子这类念头的时候，她也想起，她认为能以身相许的这个男人，正是她在丈夫生前就爱过、又导致她丈夫夭亡的人；而且，丈夫甚至在临终的时候还向她表示，担心她会嫁给德·内穆尔先生。想到这种情景，她的高洁的操守受到极大的伤害，觉得现在嫁给他，就跟在丈夫生前爱上他的罪过不相上下。她陷入了同自己的幸福背道而驰的思索中，她还找出不少理由来强化这种想法，预感到自己一旦嫁给这位王子，非但没了安宁，还要遭受种种不幸。她在原地待了两小时，才终于返回府上，心下决定自己必须躲避他，把同他见面视为完全违背妇道的事情。

不过，这种信念，只是理智和德操所产生的效果，并没有带动她的心。她仍心系德·内穆尔先生，强烈的感情将她置于不得安宁、值得同情的境地。

她度过了有生以来最难熬的一夜；到了次日清晨，她本能的一个举动，就是去瞧瞧对面窗口是否有人。她走过去，果然望见德·内穆尔先生，心里一惊，急忙抽身闪开。从急速躲闪的动作，这位王子判断出他被对方认出来了。他怀着一片痴情，自从找到这种得见德·克莱芙夫人的办法之后，就时常渴望能让她看见；

在无望得到这种乐趣时,他就去不易让德·克莱芙夫人碰见他的那座花园冥思遐想。

这种痛苦异常、前途未卜的境况,他终于厌腻了,决意去探探路子,弄清自己的命运。

"我还等什么呢?"他自言自语,"很久以来我就知道她爱我,现在她已是自由之身,再也没有回绝我的义务了。我何必只局限于望望她,而不同她见面交谈呢?爱情怎么可能将我的理智和胆量剥夺殆尽,把我变成与从前情场上的我如此不同的人呢?我固然应当尊重德·克莱芙夫人的悲痛,不过,这种尊重持续的时间太久,就给了她充分的闲暇止息她对我的爱意了。"

他这样一考虑,便想用什么办法同她见面。他认为自己的这种恋情,再也没有必要向主教代理隐瞒了,于是决定去跟主教代理谈谈,说明自己对他侄女的意图。

当时,主教代理就在巴黎。满朝文武都回到巴黎,准备服装和车马随从,好陪同国王为西班牙王后送行。于是,德·内穆尔先生去拜访主教代理,坦率地向他承认了一直隐瞒的事情,只保留德·克莱芙夫人的感情,不便显露自己已知其心意。

主教代理越听越高兴，他明确表示，自从德·克莱芙夫人孀居之后，他虽然不知道他的心愿，但是常想她是唯一配得上他的人。德·内穆尔先生求他设法让他同德·克莱芙夫人谈谈，以便了解她的意思。

主教代理建议带他拜访德·克莱芙夫人，但是，德·内穆尔却认为这样太贸然，因为她还不接待任何人。他们俩商量好，要由主教代理出面，找个借口把她请到家来，而德·内穆尔先生则从一条隐蔽的楼梯前去，免得让人瞧见。他们照计行事：德·克莱芙夫人到了，主教代理上前相迎，将她带进套房里端的大客厅。过了一会儿，德·内穆尔先生走了进来，就好像是偶然登门拜访。德·克莱芙夫人见他进来，感到万分惊讶，脸不禁唰地红了，又极力掩饰这种羞涩。起初，主教代理随便聊些事情，继而，他假托去吩咐点什么事儿，要出去一下，请德·克莱芙夫人代他尽主人之谊，说他一会儿就回来。

德·内穆尔先生和德·克莱芙夫人单独在一起，第一次有机会交谈了，他们的感觉真是难以描摹。二人半晌相对无言，德·内穆尔先生终于打破沉默：

"夫人，"他对德·克莱芙夫人说，"您一直拒绝同我谈话，现在，德·沙特尔先生给了我这一机会，您能原谅他吗?"

"不能原谅,"德·克莱芙夫人回答说,"他居然忘了我的处境,我的名誉要冒多大危险。"

说罢她就要离去,德·内穆尔先生却劝阻她:

"您丝毫也不必担心,夫人,"他解释道,"谁也不知道我在这里,不会有任何意外情况。请听我说,夫人,请听我说,即使不发善心,至少也为了爱护您自己,摆脱我因控制不住痴情而难免做出的荒唐之举。"

德·克莱芙夫人毕竟倾慕德·内穆尔先生,她最后一次让步了,目光满含柔情和娇媚地注视他:

"可是,您指望什么呢?"她对他说道,"您求我随和一点又怎么样呢?我随和了,您也许会后悔的,而我肯定要懊悔。您的命运应当更好些,可是您的运气迄今为止不好,这样追求下去,将来也不会好,除非您到别处去追求好运!"

"我,夫人,"德·内穆尔先生对她说,"到别处去追求幸福!除了得到您的爱,还能有什么别的幸福可言呢?虽然我从未向您表白过,但是我相信,夫人,您不会不知道我的爱,也不会不明白我这爱将是世间最真挚、最炽烈的。有些事情您不了解,这种爱经受了什么样的考验!您的严峻态度,让这种爱经受了什么样的考验！"

"既然您希望我同您谈谈，而我也拿定了主意，"德·克莱芙夫人边坐下边答道，"那我就要开诚布公了，这种态度您在女性身上难得见到。我绝不会对您说，我没有看出您对我的爱恋；即使我说没看到，也许您也不会相信。不瞒您说，我不仅见到了，而且见到了您要向我表现的样子。"

"既然您看到了，夫人，"他接口说道，"您怎么可能一点也不动心呢？我能斗胆问一句，我的爱在您心中是否留下点印象呢？"

"您根据我的举止行为，大概已经判断出来了，"德·克莱芙夫人答道，"不过，我倒想了解您有什么想法？"

"我必须处于更为幸运的境地，才敢对您谈谈想法，"他回答，"我的命运同我要对您讲的，并没有什么关系。我要告诉您的，夫人，无非是我曾强烈希望您没有向德·克莱芙先生承认您向我隐瞒的事儿，强烈希望您向他隐瞒您向我表露的事儿。"

"您怎么能发现，我向德·克莱芙先生承认了什么呢？"她脸红了，问道。

"我是通过您知道的，夫人，"德·内穆尔先生答道,"不过,我偷听了您的话,为求得您的宽恕,您回想一下,我是否滥用了我听到的话,我的希望是否因而增加了,我是否多了几分对您说话的胆量?"

接着,他开始讲述如何窃听了她与德·克莱芙先生的谈话,还未等说完就被她打断了。

"不必再多讲了,"德·克莱芙夫人说道,"现在我才明白,您是怎样了解得那么清楚的。这一点,我看您在太子妃那里,就表现得太明显了;这件事,您告诉了朋友,您朋友又告诉了太子妃。"

于是,德·内穆尔先生又告诉她事情是怎么发生的。

"您无须道歉,"德·克莱芙夫人又说道,"没等您向我说明原因,我早就原谅您了。我要终生向您隐瞒的心思,既然您通过我本人知晓了,那么我就实话告诉您,您激发我产生的感情,在遇见您之前我没有体验过,甚至连点概念都没有,刚一产生叫我十分惊讶,也加剧了我慌乱的心情,而这种心慌意乱始终伴随着这种感情。现在我向您承认这一点,不怎么感到羞耻了,因为现在可以了,我这样做不算罪过,而且您也看到,我的行为并不受我的感情支配。"

"夫人,"德·内穆尔先生跪到她面前,说道,"您相信不相信，我会快乐和激动得死在您的脚下?"

"我告诉您的，"她微笑着答道，"无非是您早已十分清楚的事。"

"唉！夫人，"他接口道，"偶然得知，还是听您亲口讲，看到您愿意让我知道，这之间有多大差异啊!"

"不错，"她又对他说道，"我愿意让您了解，而且，我告诉您时，也有一种温馨之感。我甚至说不清我告诉您这事，是出于自爱还是对您的爱。因为说到底，这件事说出来，也绝不会有什么结果，我还要恪守妇道给我定的严规。"

"不要这样打算了，夫人，"德·内穆尔先生答道，"您自由了，不受什么妇道的束缚了；再冒昧一点儿，我甚至要对您说，有朝一日，妇道会要求您保持对我的感情，而这事完全取决于您。"

"妇道禁止我再考虑任何人，"她反驳道，"尤其不能考虑您，是何缘故，您不得而知。"

"也许我还不知道，夫人，"他接口道，"不过，那绝非真正的原因。我猜得出来，德·克莱芙先生以为我很幸福，其实不然；他想象我受热恋的驱动所做的荒唐之举，得到了您的同意，其实您并未表露心意。"

"这件事就不要再提了，"德·克莱芙夫人说道，

"一想起来我就受不了,感到羞愧,其后果也使我太痛苦了。您导致德·克莱芙先生之死,这是千真万确的。您轻率的行为引起他的怀疑,最终要了他的命,这就同您亲手夺走他的性命一样。假如你们俩要拼个你死我活,并且发生了这样不幸的事,瞧瞧我该怎么做吧。我完全清楚,在世人看来这不是一码事儿,但在我看来毫无区别,既然我知道,他是因您而丧命,而我又是起因。"

"噢!夫人,"德·内穆尔先生对她说道,"您抬出什么妇道的幽灵,来对抗我的幸福?什么!夫人,一个空幻的、毫无依据的念头,竟然阻止您给您所爱的一个男人幸福?什么!我本来就能抱着与您共度一生的希望;我的命运本可以指引我去爱一个最可敬的人儿;我在她身上本来能看到一个出色的情人所具备的一切;她原也不讨厌我,可是,我在她的行为中,难道只能找到一位妻子所能具有的全部品质吗?因为,归根结底,夫人,把情人和妻子完美结合于一身的,也许您是独一无二的人。凡是男子迎娶爱他们的情人为妻时,都不免心惊胆战,他们参照别的女人,唯恐情人成为妻子后行为就变了。然而,夫人,对您我丝毫也不必担心,在您身上只能找到值得赞美的方面。

我面对如此巨大的幸福，却要眼看您本人设置重重障碍吗？唉！夫人，您忘记了您在男子中对我另眼相看，更确切地说，您从来就没有看中我：于您是一时看走了眼，于我则是自作多情。"

"您丝毫也不是自作多情，"德·克莱芙夫人答道，"没有您觉察出的这种另眼相看，对我来说守节的理由也许就不会那么重大。正是对您另眼相看，我才考虑与您结合会多么不幸。"

"这我就无言以对了，夫人，"德·内穆尔先生说道，"既然向我表示担心不幸。不过，不瞒您说，听了您开诚布公讲的这番话，我真没料到会碰上这样一条残忍的理由。"

"这一理由对您毫无伤害，"德·克莱芙夫人又说道，"因此，我考虑再三，才向您提出来。"

"唉！夫人，"他接口说道，"刚才您已经说了那番话，还担心有什么会使我得意忘形的。"

"我要以刚开始的那种坦诚态度，再同您谈一谈，"德·克莱芙夫人又说道，"第一次谈话要有各种保留和顾忌，现在我统统打消，不过我请您听我把话说完，中间不要打断。

"我一点也没有向您隐瞒我的感情，原原本本让您看到,给您的爱恋这样小小的回报,我想也是应该的。我要完全放开,向您表露感情,看来我这一生也只能有这么一回了。可是,我有几分羞愧地向您承认,您对我的爱,将来肯定不会像现在这样,这在我看来是极大的不幸,即使我没有无法克服的妇道的理由,我也怀疑自己能否甘愿招致这种不幸。我知道您是自由的,我也一样,因此,假如我们永远结合了,外界也许不会谴责您,也不会谴责我。然而,在这终生结合中,男子的爱能始终如一吗?我能希求发生的对我有利的一个奇迹,将自己的全部幸福寄托在这种爱上,再眼睁睁看着这种爱注定消失吗?在这世上,结婚后爱情始终不变,德·克莱芙先生也许是唯一的男子。也是命里注定,我未能抓住这种幸福。也有这种可能:正因为他在我身上没有得到这种激情,他的爱才得以延续。可是,我没有同样的办法维持您的爱,我甚至认为,您遇到重重障碍,才这样坚持不懈地追求。您碰到相当多的阻碍,便激励自己去克服;而我无意识的行为,或者您偶然得知的情况,又使您产生不小的希望,您也就没有气馁罢手。"

"唉!夫人,"德·内穆尔先生接口说道,"我保持不住您强加给我的沉默了;您对我太不公道了,向我表露得太明显，您根本就不打算成全我。"

"我承认，"她答道，"感情能指引我，却不能迷住我。什么也阻挡不了我认清您：您天生就有风流倜傥的各种条件，天生就有在情场上春风得意的各种优点。您已经有了好几段热恋的经历，今后还会有。我再也不会给您带去幸福，我将会看到您对另外一个女人，就像您现在对我一样。到那时，我会痛不欲生，我甚至不敢肯定，自己不会饱尝嫉妒之苦。至于嫉妒，我已经对您说得太多了，无须隐瞒您让我尝到过：就在那天晚上，当时的太子妃将德·特米娜夫人的信交给我，说是写给您的，我看了信，痛苦到了极点，便产生一个难以磨灭的想法，认为最大的痛苦莫过于嫉妒。

"或出于虚荣心，或因情趣相投，女子无不希图与您交好。不喜欢您的女子寥寥无几；我凭经验确信，就没有您讨不了欢心的女人。我认为您总是在追求别人，又被别人所追求，这方面的事儿，一般我是不会看错的。我若是落到这种地步，也没有什么办法，只能忍受痛苦，我甚至不知道自己是否敢发怨言。责备一个情夫可以；然而丈夫心里没了爱，单凭这一点怎么好指责呢？就算我能够习惯于这种不幸，但是，我总以为看见德·克莱芙先生指责您害死了他，责备我爱上您，嫁给了您，让我感到他的爱与您的不同，这种不幸，难道我还能习惯吗？"

她继续说道：

"这些强有力的理由，我不可能全置之不理：我必须维持现状，维持我永不改变现状的决心。"

"唉！您认为这能做得到吗，夫人？"德·内穆尔先生高声说道，"您以为您的决心能对付得了一个爱您的、并博得您的欢心的男子？夫人，要抵制我们喜欢并爱我们的人，远比您想的要难。您以严格的操守做到了这一点，这几乎是没有先例的；可是现在，您的操守不再与您的感情对立了，因此我希望，您不由自主地随着感情走。"

"我完全清楚，我要做的事比什么都难，"德·克莱芙夫人答道，"我处于理智当中，又怀疑自己的力量。靠怀念德·克莱芙先生，也借不上多少力，还要有对我的安宁的关注来支撑；我的安宁这条理由，也需要守妇道的理由来支持。不过，我虽然信不过自己的力量，但是相信我永远克服不了自己的种种顾忌，我也不希望克制我对您的爱慕。这种倾慕，将来会造成我的不幸，因此，我不管多么难为自己，今后也不能同您见面了。我以我对您的全部影响力，请求您不要抓住任何机会见我。

换个时间怎么都可以,而我现在的处境,动辄就是罪过,而且,仅从礼俗而言,我们也绝不应该来往。"

德·内穆尔先生投到她的脚下,激动万分,根本控制不住自己了。他又是诉说,又是洒泪,向她剖露一颗心所能容纳的最炽烈、最深挚的爱。德·克莱芙夫人也不是铁石心肠,她凝视着这位王子,双眼因含泪而稍微肿胀了。

"要我谴责您对德·克莱芙先生之死负责,事情为什么非到这一步呢?我怎么不能在孀居之后才认识您呢?或者,怎么不能在婚前认识您呢?命运为什么设下一个不可逾越的障碍,将我们分开呢?"

"根本没有什么障碍,夫人,"德·内穆尔先生接口道,"唯独您在同我的幸福作对,唯独您强加给自己一条清规戒律,这同德操和理智都毫不相干。"

"不错,"她接口说道,"我做出巨大牺牲,只为在我想象中存在的义务。等一等,看看时间能有什么安排。德·克莱芙先生还刚刚去世,这个哀悼的形象还近在眼前,别的事我还看不分明。能让一个女子爱上您,还是高兴点吧:这个女子如未见到您,也不会爱上任何人的;要相信,我对您的感情是永恒的,不管我怎么做,这份感情总还照样存在。别了,"她对德·内穆尔先生说,"这样一场谈话令我羞愧;把情况全给主教代理先生讲一讲吧,我同意,也请您这样做。"

这番话说罢,她便走出去,德·内穆尔先生想拦也拦不住了。主教代理就在隔壁房间,他见德·克莱芙夫人出来,神色十分慌乱,就没敢同她说话,直到把她送上马车也没有说什么。

主教代理回头再来看德·内穆尔先生,只见他满心欢喜,又满怀忧伤,万分惊讶,又赞叹不已,总之他百感交集,表明失去理智的痴情所饱含的忧惧和希望。主教代理请求了好长时间,让他介绍一下谈话的内容。他终于复述一遍,而德·沙特尔先生虽不是恋人,但是听了介绍,对德·克莱芙夫人的品德、思想和才智的赞叹程度,也不亚于德·内穆尔先生了。两个人一起探讨这位王子能对命运抱多大希望,不管他的爱能给德·克莱芙夫人增添多少疑惧,他还是和主教代理一致认为,她不可能始终坚持自己的决心。不过,他们还是承认,必须照她的话去做,千万不要让外界发现他对她的恋情,否则的话,她怕别人认为她在丈夫生前就爱上他了,就必然为自己声辩,向世人做出保证,将来就难以转圜了。

德·内穆尔先生决定伴驾,而且这次远行,他也不能不陪伴国王，走之前甚至不想再见德·克莱芙夫人，没有去他多次见到她的那个地方。他请求主教代理向她说情。为了让他去说情，德·内穆尔先生什么不能对他讲呢？摆出好多理由，好说服他克服种种顾忌！最后，德·内穆尔先生想到该让他休息了，大半夜已经过去了。

德·克莱芙夫人也无法得到安宁了。她摆脱了自我约束，平生头一回容忍别人向她表白爱情，而她本人也吐露了真情，这事儿她觉得太新奇了，自己完全变了个人。她对自己的所作所为，既惊诧又懊悔，同时心里又感到喜悦，所有这些情绪中，又充满了慌乱和激动。她重又审视阻碍她幸福的恪守妇道的种种理由，十分痛苦地感到这些理由特别充分，自己后悔全盘告诉了德·内穆尔先生。她在城郊的花园里再次见到他。虽然立即产生以身相许的念头，可是刚同他结束的这场谈话，却没有使她产生同样的印象。有时她自己就很难想明白，嫁给他怎么就会不幸呢。她倒很希望能对自己说，她对过去的种种顾忌、对未来的种种忧虑，都是没有什么根据的。可是在另外一些时候，理智和妇道占了上风，她想的事情又截然相反，又匆匆决定绝不再婚，永远不见德·内穆尔先生了。然而，这种决定太武断，尤其她这颗多情的心，又刚刚领略了爱情的魅力。最后，为求得少许安宁，她转念一想，现在还没有必要痛下决心，最好是从长计议；不过，她还是要坚持不同德·内穆尔先生来往。

主教代理去看她，可以想象，他为这位王子做说客，竭尽了全力，施展了全部智慧；可是人家不买账，还是我行我素，对德·内穆尔先生一点也不通融。她回答说，她打算维持现状，她也知道这种意图很难贯彻，但愿她有这种勇气。她还让主教代理完全明白，她在多大程度上认为，德·内穆尔先生导致她丈夫的死亡，她又是多么确信，她嫁给德·内穆尔先生是有违妇道的行为。说到最后，连主教代理也担起心来，怕是难以破除她的这种想法。他没有把自己的看法告诉德·内穆尔先生，在转述这场谈话时，还是让他抱着希望，即一个有人爱的男子在理智上应有的希望。

次日，他们二次启程，去护卫王驾。主教代理应德·内穆尔先生的请求，给德·克莱芙夫人写了一封信，向她谈谈这位王子；紧接着又写了第二封信，而德·内穆尔先生也亲笔附上几行字；然而，德·克莱芙夫人不愿意违背自己定下的清规，怕信件意外失落，便复信明确告诉主教代理，如果他再写信谈德·内穆尔先生，她就拒收；复信措辞十分严厉，连这位王子都恳请主教代理，以后在信中不要再提他的名字。

国王率文武百官为西班牙王后送行，一直送到普瓦捷地区。在朝廷无人期间，德·克莱芙夫人就独自待在府上；随着德·内穆尔先生越行越远，他所勾引起来的所有记忆也渐渐淡远了，她也就越发怀念德·克莱芙先生，而这种怀念成为她心中的一份珍藏。在她看来，不嫁给德·内穆尔先生，从守节方面考虑，理由是充分的；从心安的角度考虑，理由也是无可置疑的。这位王子的爱终究会完结，而她认为自己在婚后必受嫉妒之苦；因此无可怀疑，她自己是投身到不幸之中；然而与此同时，她还看到，一个和她彼此相爱的最可爱的男人来到面前，她要抵制他，在既不伤风化又无损操守的事情上拒绝他，这也是不可能做到的。她认为只有远远避开，自己才能增添几分力量；她也觉得需要这种力量，既为了支持不再嫁的决心，也为了防止再见到德·内穆尔先生。于是，她决定远行，只要礼俗允许，她就过隐居生活。她在比利牛斯地区拥有大片土地，认为那是可供选择的最合适的地方。在国王和文武百官回朝的前几天，她就启程了，临行时给主教代理写了一封信，恳请他不要打听她的消息，也不要给她写信。

德·内穆尔先生听说她这次远行，伤心的程度就像一个男人死了情妇那样；他痛苦不堪，心想要长时间见不到德·克莱芙夫人的面了，尤其这段时间，他已经体味了目睹芳容的乐趣，也体味了看见她因他的痴情而动心的乐趣。然而，现在他无计可施，只能黯然神伤，而且日日伤心不已。

德·克莱芙夫人的精神也受到强烈的刺激，她一到地方就病倒了，病情很严重。这一消息传到朝廷，德·内穆尔先生可真受不了了，他痛苦到了绝望和精神失常的程度。主教代理费了好多口舌劝阻，不让他公开表露自己的感情，打消他亲自去探病的念头。主教代理以亲情和友情为由，给德·克莱芙夫人写去好几封信，终于得知她脱离了危险，但是病体十分虚弱，没有什么存活的希望了。

死亡近在眼前，又拖延很长一段时间，德·克莱芙夫人已不像健康时那样，看人生事务的目光完全变了。她看到自己不久于人世，必死无疑，也就万念俱灭，不料病情久拖，这种态度便习以为常。然而，等到病情略微好转时，她又感到德·内穆尔先生并未从她心中抹掉，于是，为了对付他，她就求助于自以为掌握的永不嫁给他的各种理由。内心展开一场相当激烈的斗争,她终于战胜了被疾病大大削弱的这种残存的爱意。她既然抱着死的念头,也就更加怀念德·克莱芙先生了。这种怀念又符合她的妇道,就能深深地印在她心上。现在她就能像远见卓识的人那样,看待人世间的情欲和婚姻了。她的身体一直非常虚弱,这有助于保存她的感情;不过,她也深知时机可能动摇最明智的决定,而她又不愿意冒险毁掉自己的决定,也不想回到有她从前所爱的地方。她借口要换换环境,到一所修道院隐居,又没有表露出放弃宫廷生活的意愿。

德·内穆尔先生一得到这条消息,就感到这种隐居的分量,看出事关重大。此刻他认为他再也没有什么希望了;尽管无望了,他还是不顾一切,千方百计要把德·克莱芙夫人拉回来。他恳请王后写了信,恳请主教代理写了信,还请他去劝说,可是全都无济于事。主教代理见到了德·克莱芙夫人:她绝口不提拿定了主意的事儿;可是照他的判断,她永远也不会回来了。德·内穆尔先生终于忍不住,借口洗海水浴就亲自跑了一趟。德·克莱芙夫人听说他来了,心慌和惊讶到了极点。她派一个她喜欢的品德高尚的女伴去看他,请他不要奇怪:她不能冒险见他,怕见面就要毁掉她还保存的感情；她希望他能明白，她的本分和安宁，既然同她要嫁给他的倾向相对立，那么她觉得世间其他事物也全无所谓，可以永远放弃了；她一心只想来世，而唯一的愿望，就是能看到他和她处于同样的思想境界。

面对前来传话的人，德·内穆尔先生简直悲痛欲绝。他一再请她回复德·克莱芙夫人，安排他们见一面。可是那人却对他说，德·克莱芙夫人绝不准她转达他的任何情况，甚至不准她复述他们的谈话。这位王子万般无奈，不得不回去，他真是肝肠寸断，无望再见到自己所爱的人，而他这份爱又是最炽热、最自然、最深挚的。然而，他还是不甘心，凡是能想出来的办法全用上了，力图使她改变主意。几年光阴就这样过去了。时间一长，又久不见面，他的痛苦缓解了，爱情之火也熄灭了。德·克莱芙夫人有了另一套生命方式，看样子不会回来了。每年，她都在那座修道院住一段时间，余下的日子在家中度过；在家里也离群索居，潜心修行，比在修道院要求还严格。她的生命相当短暂，但品德高洁，成为后世难以仿效的榜样。